D1505192

NO ME LLAMO ANGÉLICA

Scott O'Dell

NO ME LLAMO ANGÉLICA

4
vientos

EDITORIAL NOGUER, S.A.
BARCELONA-MADRID

Título original:
"My name is not Angelica"

© 1989 by Scott O'Dell
© Editorial Noguer, S.A., Santa Amelia 22, Barcelona, 1985
Reservados todos los derechos
ISBN: 84-279-3222-7

Traducción: Amalia Bermejo
Cubierta: Juna Ramón Díaz-Toledo

Primera edición: febrero 1994

Impreso en España - Printed in Spain
Gráficas Rogar, S. A. Fuenlabrada
Depósito legal: M. 6.003-1994

A Rosa Parks
que no se sentaría
en la parte trasera del autobús

OCÉANO
ATLÁNTICO

Cayo Silv

*Bahía Nido
de Halcones*

Cayos Duurloo

• Van P

Bahía Pequeña Canela

Duurloo

SANTO

Bahía Cruz Pequeña

• Bahía Cruz

TOMÁS

Bahía Cruz Grande

N

Isla de
SAN JUAN
1733

Campamento
de Konje

Bahía
del
Agua

ncis

ahía
daho

Annaberg

Bahía de Coral

Cueva
de los
Huracanes

JUAN

Montaña Burdeos

Arrecifes

Cabeza
de Ram

CARIBE

MARTINICA

NOTA DEL AUTOR

Cuando escribía *No me llamo Angélica*, hablé con bibliotecarios y maestros de las islas de Santo Tomás y San Juan, así como con los descendientes de los esclavos que habían vivido la revuelta de 1733-1734.

La isla de San Juan fue descubierta por Colón en 1493. Pasó de mano en mano, de los españoles a los holandeses, los británicos y los franceses hasta el año 1717, cuando se establecieron en ella los daneses. Doscientos años más tarde, vendieron la isla a los Estados Unidos.

Además de gran número de documentos oficiales, me fue de gran ayuda *Las Indias Occidentales danesas bajo el dominio de la Compañía*, de Westergaard; el librito de Jadan *Una guía de Historia Natural de San Juan*; *La noche de los tambores silenciosos*, de Jonh Anderson, que pasó treinta y cinco años investigando para esta excelente novela; y los espléndidos libros del explorador Basil Davidson, *Madre negra: El comercio de esclavos africanos*, *Las ciudades perdidas de África*.

1

Ya avanzado el verano, el rey Agaja envió a diez de sus quinientas mujeres soldados. Bajaron por el río en una canoa de guerra. Vestían túnicas doradas, abrochadas con cuentas de piedra de luna y anillos de plata, pero cada una de ellas llevaba un cuchillo.

Yo estaba junto a mi padre en el recodo del río, sujetando la mano de mi hermana. Yo tenía dieciséis años y era alta para mi edad, pero me sentí como un niño al lado de esas mujeres gigantes cuando se dirigían al árbol de ceiba donde esperaba Konje. Parecían diez gigantescas estatuas dotadas de vida.

La primera, con voz de reina, dijo a Konje:

—El rey Agaja, rey de Zamboya, Emperador de los países del Oeste y del Este, ha sabido la muerte de tu padre. La noticia ha estristecido a Su Majestad. Teme que la amistad entre Zamboya y Barato languidezca y muera.

Mi padre, Tembu Motara, primer consejero de Barato, apretó mi mano al oír la palabra "amistad". Nunca había habido amistad entre el rey Agaja y el padre de Konje. Nadie en

Barato había visto nunca al rey. Sus mercaderes nunca habían comerciado con nosotros.

La mujer soldado continuó:

—Para que esa amistad no se acabe, Su Majestad dará una fiesta diez días después del día de hoy, a la que tú y tu corte estáis invitados.

Konje, que era capaz de sonreír a un león atacando, se había asustado cuando las diez guerreras avanzaron desde la canoa. Estaba asustado cuando la que las guiaba habló. Se inclinó dos veces, tiró de su cinturón y miró a mi padre.

Mi padre contestó con su voz profunda:

—Informa a Su Majestad que aceptamos su generosa invitación con espíritu de amistad.

La guía, destacándose por encima de todos nosotros, sin mirarnos, dijo:

—Su Majestad estará complacido de tener la fortuna de distraeros a ti y a tu corte.

Sin más palabras, con un tintineo de brazaletes, llevó a sus guerreras a la canoa y, en silencio, emprendieron el camino por el fangoso río. Saludó con la mano y el pueblo contestó al saludo.

—Me sorprende la invitación. ¿Qué piensas tú? —preguntó Konje a mi padre.

—Vamos a ir a la fiesta, por supuesto. Pero antes de ir, vamos a reflexionar. La crecida ha cambiado las cosas. Barato ya no es seis aldeas escondidas en la espesura, lejos del río y el mar.

El pasado abril, cuando llovió día y noche durante semanas, nuestro principal río cambió su curso. En un gran meandro, salió del país del rey Agaja y le dejó sin su puerto. El nuevo curso del río regaba una de nuestras aldeas y la mayor parte de nuestro bosque de palmeras y, milagrosamente, nosotros estábamos ahora junto al mar.

—El rey Agaja ha perdido su puerto —dijo mi padre—, y ahora tiene que enviar sus mercancías a través de Barato. Está planeando algo muy sencillo. No quiere pagarnos un arancel por las mercancías que embarca, por pequeño que sea.

Konje sabía poco de negocios:

—¿Qué envía fuera el rey?

—Colmillos de elefante, oro, aceite de palma. Y también esclavos.

—¿Esclavos? ¿De dónde?

—De los países detrás de las montañas, donde nace el río. Pero él los trae de cualquier sitio. Cada año envía más de seis mil a España y Portugal. También a otros países.

—No podemos cobrar un arancel por los esclavos —dijo Konje—. No me gusta la idea.

—Es el impuesto más provechoso de todos. El rey Agaja nos pagará una cantidad por cada esclavo que envíe. Y una por lo que le pagan a cambio: un mosquete, plomo, barriles de pólvora. Serás rico en poco tiempo.

—No —dijo Konje.

—Tú tienes esclavos. Yo tengo esclavos. Todos los ancianos tienen esclavos. ¿Cuál es la diferencia entre nuestros esclavos y los que envía el rey Agaja?

—Los nuestros están bien tratados, son una parte de la familia. Yo he oído que a muchos de los esclavos que son vendidos les asan al fuego para comerlos.

—¿Comerlos? —exclamó mi padre—. Eso es una tontería.

El sol se ponía entre un banco de nubes. Un viento frío venía del puerto. Los sirvientes vinieron con una reata de caballos. Era la hora en que Konje y sus nobles amigos cabalgaban hasta las praderas, detrás de los pantanos, o al bosque de palmeras que nos rodeaba para cazar ñus y panteras.

Los ojos de Konje se fijaron en los caballos enjaezados. Palmoteó como un niño y canturreó una melodía. Eligió una bonita yegua manchada, saltó a su lomo y empezó a dar vueltas a los árboles donde estábamos mi padre y yo. Cabalgaba lentamente, muy erguido con su capa de adornos dorados.

Sus ojos estaban fijos en mí. Quería estar seguro de que yo le estaba mirando. Miré mientras daba dos vueltas, muy despacio, al gran árbol de ceiba.

—Raisha, ¿te gusta el caballo? —dijo.

—Es bonito —dije yo.

No nos casaríamos hasta que él cumpliera treinta años. Ahora tenía solamente veintisiete. Así lo mandaba la ley en Barato y nunca se quebrantaba. Le gustaba gastarme bromas. También yo lo hice una vez: le di a entender que uno de los ancianos me había pedido en matrimonio. Pero los dos sabíamos que nuestros corazones estaban unidos para siempre.

2

Días después de la visita de las mujeres soldados el rey Agaja mandó canoas llenas de flores, con lirios florecidos durante la noche, helechos rosa de la jungla y pastel de almendras. Nuestro pueblo bajó corriendo al río, a su encuentro.

De la canoa bajaron las guerreras, que extendieron las flores bajo el árbol de ceiba, y un enano encanecido, que subió camino arriba contorneándose y se detuvo ceremoniosamente delante de Konje.

—Flores de amistad —dijo con voz aflautada—; un regalo del rey Agaja a las mujeres de tu corte.

Konje estaba sorprendido ante la escena. No se le ocurría nada que decir. Tenía que hacer algo para corresponder al rey Agaja. ¿Pero qué? Miró a mi padre, que apartó la vista, una señal para recomendarle calma. Pero Konje continuó. Envió a un criado a la casa. El hombre regresó con una calabaza que contenía perlas del río, que brillaban como la luna cuando se esconde al romper el alba.

—Me complace enviar al rey Agaja estas perlas de amistad —dijo Konje.

El enano sonrió mostrando sus diente de oro.

—Su Majestad estará complacido y también las mujeres que las lleven.

Apretó las perlas contra su pecho y preguntó:

—¿Cuántas de vuestras bellas invitadas vendrán?

—Noventa y tres de esta aldea —dijo Konje—. De las otras cinco no lo sé. En ellas es el tiempo de la siega.

Se excusó y fue hacia los tambores colocados entre los árboles, el más grande hecho con un tronco hueco cubierto de piel de cabra. Golpeó el tambor con las manos y habló al pueblo más cercano. Después habló con el resto de las aldeas, golpeando el gran tambor con un cuerno de rinoceronte.

Rápidamente llegaron respuestas. A los números contados por los tambores añadió el número de nuestra aldea y dijo al enano que iría a la fiesta con ciento ocho huéspedes, o quizás unos pocos más.

—Tantos como desees —dijo el enano—. Su majestad acaba de dar asilo por un mes a una caravana de Etiopía de más de doscientos mercaderes.

Konje se pasó una mano por el espeso pelo. Frunció el ceño y miró otra vez a mi padre. Estaba segura de que quería hacer otro regalo. Había dado perlas para las mujeres de la corte del rey Agaja. ¿Tenía que hacer un regalo al mismo rey Agaja?

Mi padre miró fríamente a Konje y se volvió. Era muy cuidadoso con el dinero. En un gran libro forrado de piel de cebra anotaba todo el dinero que entraba y salía de nuestras seis aldeas. Y como cacique de Barato hasta el día que Konje alcanzase la edad de treinta años, seguiría teniendo bien sujeto al mimado joven.

Empezaba a llover. Las mujeres soldados saltaron de la canoa y sujetaron una estera sobre la cabeza del enano, como si pensaran que iba a deshacerse con el agua. Él saludó tocando el suelo con la frente y se dirigió al río. Miró a Konje al marcharse y noté que se fijaba en el embarcadero de bambú que los ancianos habían construido en la desembocadura del río.

Desde su canoa, exclamó:

—Dentro de tres días os encontraré a las puertas de Malai, ya sea de día o de noche.

Fiel a su palabra, estaba allí tres días más tarde, envuelto en pliegues de tela escarlata que sujetaban con joyas y con dos filas de guardias desnudos que iban desde la orilla del río hasta una colina de extraña forma que había a cierta distancia.

Al subir por ese camino, entre las dos filas de guardias brillantes por el calor, el enano servía de guía. Konje caminaba detrás de él y todos los demás seguíamos a Konje. Desde alguna parte se oía el sonido de trompetas y el ligero tam-tam de los tambores.

A ambos lados del camino había calles rectas como flechas, bordeadas de chozas de barro y paja, la mitad de ellas en ruinas. Hombres cargados con piedras cruzaban las calles.

Entre las filas de guardias, el sendero llevaba hacia un acantilado de piedra. En la piedra había círculos y triángulos y líneas en zigzag pintadas en colores brillantes.

El sendero empezó a estrecharse. La cima del acantilado se volvía hacia fuera y colgaba por encima de nosotros. Dejamos atrás a los guardias. De repente, nos encontramos en un lugar cercado parecido a una cueva. El sendero no iba más allá. Sobre nuestras cabezas se vislumbraba un pedazo de cielo azul y una nube blanca.

El enano, con tono amable, nos colocó contra la pared. A través del agujero, por encima de nuestras cabezas, llegó un cesto.

—Vamos a subir a los jardines y al palacio del rey —dijo—. Iremos de siete en siete. La subida no es larga.

Pero sí lo era. La cima era tan alta como diez hombres. Había más de cien huéspedes, pero los criados habían bajado y subido la cesta antes de que el enano hubiera terminado de contar a Konje cuántos invasores habían intentado alcanzar el acantilado y fracasado.

—No sólo un acantilado protege al rey —dijo—. El palacio está rodeado de acantilados por todas partes. La mayor parte de los invasores han muerto en el río. Los que lo alcanzan, no llegan más lejos.

Mientras la cesta subía y bajaba, él nos contó cosas de los que habían atacado insensatamente al rey Agaja. Puesto que nosotros no éramos una amenaza para el rey, el enano tenía que contarnos todo eso por una sola razón. Estaba seguro de que sería transmitido a los ingleses en su gran fuerte a la desembocadura del río.

Los últimos en ser izados arriba fuimos Konje, mi padre y mi madre, mi criado Dondo, y yo. La cesta chocaba contra las paredes de piedra del oscuro agujero. La cuerda crujía. Sobre nosotros caían gotas de agua. Los criados que nos izaban estaban cantando. Se pararon. La cesta se detuvo. Mi madre dijo que desearía haberse quedado en casa en nuestra tranquila aldea, y yo sentía el mismo deseo.

Pensé que el enano había quedado atrás, pero cuando los criados nos sacaron de la cesta, él estaba allí sonriendo. Señaló hacia el florido sendero bordeado de palmeras. Al final había una pared pintada del mismo color que la del acantilado. Sobre la pared se alzaban tres torretas ruinosas con los mismos zigzags y garabatos en lengua árabe.

Sin habla, abrumados por el oscuro agujero con agua goteando, la cesta bamboleante, las paredes derrumbadas y las torretas situadas frente a nosotros, todos, excepto Konje, pasamos en silencio a través de un arco y entramos en la sala iluminada con antorchas.

La sala estaba adornada con lazos y telas de colores y había esteras de tela bajo los pies. El aire, que olía a incienso, se movía suavemente a nuestro alrededor, removido por una hilera de guardias que agitaban hojas de palma.

3

Desde esta sala fuimos conducidos a un patio, donde podía haber fácilmente unos mil invitados. En su centro había un pozo y un montón de piedras que alguna vez habían sido una fuente. Ahora, las víboras tomaban el sol entre las piedras.

Al borde del patio había pequeñas aberturas decoradas con flores. Se nos invitó a refrescarnos aquí y, después, el enano nos condujo fuera del patio por un oscuro pasillo hasta un patio todavía más grande, donde el cielo estaba oculto por bandas de seda de colores.

El humo llenaba el ambiente. Bueyes y ñus se asaban dando vueltas. Algunos niños recogían las gotas y las echaban sobre la carne. Aves con pluma se asaban sobre carbones encendidos.

Comimos sentados en el suelo entre los macizos de flores. Bebimos zumos en jarros grandes y esbeltos. Cuernos y pequeños tambores tocaban una música que ninguno de nosotros había oído antes.

El enano andaba por allí para asegurarse de que no nos faltaba nada de comer o beber. Pero el rey Agaja no apareció.

Entonces, con gran sonar de cuernos, unos guerreros pintados avanzaron hasta el centro del patio.

Llevaban a hombros una silla de marfil con adornos dorados. En la silla, casi perdido entre almohadones, se sentaba un hombre no más grande que el enano, cubierto con un traje amarillo y con un puntiagudo sombrero rojo en la cabeza.

Los cuernos y tambores callaron. Los guerreros que se alineaban en las paredes del patio tocaron el suelo con sus cabezas. Entre nosotros se extendió una señal susurrada por Konje y todos, lentamente, nos pusimos de rodillas, aunque, siendo cristianos, ninguno nos sentíamos a gusto rindiendo homenaje a un rey musulmán.

El rey extendió sus manos y habló en el dialecto de nuestra aldea con una voz mucho más fuerte de lo que él mismo parecía. Nos dio la bienvenida a su reino, se llevó una copa a los labios, y nos invitó a reunirnos con él en un acto de amistad.

Mientras el rey mantenía la copa junto a sus labios, los criados repartieron entre nosotros copas llenas de una bebida burbujeante. El rey bebió y nosotros bebimos. El rey terminó su copa y la apartó. Nosotros terminamos nuestras copas y también las apartamos. El rey rió y nosotros reímos.

Repentinamente todo cambió. La risa terminó. El rey Agaja, rodeado de sus mujeres soldados, salió del patio a través de un arco de colmillos de elefante y entró en una habitación iluminada por lámparas colgantes. El enano indicó a Konje y a nuestro Consejo de Ancianos que siguieran al rey. Una puerta enrejada, decorada con brillantes gemas, se cerró tras ellos.

Las mujeres de nuestra corte y las mujeres de la corte del rey Agaja hablaron poco unas con otras porque sus lenguas eran diferentes. Resultaba incómodo.

Los músicos tocaron y se sirvieron dulces. Llegó la noche. Salió la luna. De vez en cuando se oían voces a través de la puerta enrejada, pero nunca eran bastante claras para poder entender lo que decían. Sin embargo, yo tenía la fuerte sensación de que había surgido una discusión entre el rey y nuestro Consejo de Ancianos acerca de algo que no podía resolverse de forma amigable.

Desgraciadamente, yo tenía razón. Hacia la mañana, cuando la luna se escondió entre nubes oscuras, yo me desperté con una mano sobre mi boca y otra mano rodeando mi garganta, y una voz que decía suavemente:

—Silencio. No vamos a hacerte daño.

De pronto, la habitación de las cortinas, donde nuestras mujeres estaban dormidas, se llenó de ruidos. El sonido de pies moviéndose furtivamente en las gruesas alfombras, jadeos, carreras, un grito salvaje.

Me empujaron para ponerme en pie y un trozo de seda me envolvió la cabeza. Dos hombres me agarraron, levantándome en el aire cada pocos pasos para ir más deprisa al acantilado y me bajaron al profundo agujero. Había siete personas conmigo. Yo no supe quiénes eran hasta que llegamos al río y estuvimos echados en la canoa. Al rayar el alba divisé a Konje, atado de pies y manos, con algo metido en la boca y una cuchillada en la mejilla que no dejaba de sangrar. Junto a él estaba Dondo, también atado. Enfrente de mí estaba nuestra esclava Lenta y sus dos hijos. Me pareció que Agaja nos había elegido a los seis deliberadamente.

Detrás de nosotros, muy cerca, había dos canoas llenas de gente de nuestra aldea. Pero yo no pude ver a mi familia, mi padre, mi madre y mi hermana. No iba a verles nunca más.

Bajamos el río deprisa, atravesando la gran curva que había formado la tormenta. Al pasar por nuestra aldea dormida, Konje intentó hablar, pero de su boca sólo salían gruñidos. Dondo apuntó hacia el mar.

—Barcos de esclavos —dijo—. Están esperando por nosotros.

Había tres barcos donde el río se une al mar. Tres barcos que necesitaban pintarse, anclados a buena distancia uno de otro. Todos tenían las banderas hechas jirones ondulando en los mástiles.

Cuando pasamos junto al primero de los barcos, los negros nos llamaron. Con los puños cerrados, nos advertían de los males futuros. Nos decían que saltásemos al agua. Algunos nos hablaban de matar a nuestros carceleros antes de que fuese demasiado tarde.

Cuando llegamos al tercer barco de esclavos nos subieron a cubierta en una red. En el último minuto, Konje luchó por liberarse. Pero todavía estaba sujeto a Dondo con cadenas. Sus esfuerzos terminaron cuando un sonriente marinero le dio un golpe en la cabeza.

El barco había navegado muchos días con rumbo Norte antes de que volviese a ver a Konje. Estaba preocupada por él, segura de que su arrogancia le traería problemas. Me afligía por él, temiendo que estuviese muerto. Evitaba pensar en lo que nos había sucedido a mí y a mi familia. Evitaba pasar junto a la borda en noches oscuras, cuando nadie me miraba, para no arrojarme al mar.

Cuando pude ver a Konje otra vez, ya no estaba encadenado. Llevaba una faldilla roja y un gorro amarillo. Era el jefe de un grupo de esclavos que lavaban la porquería en la cubierta donde nosotros vivíamos.

El barco se llamaba *Aventura de Dios*. Uno de sus propietarios era Len Sorensen. Yo había conocido al capitán Sorensen hacía cinco años. Había venido muchas veces a nuestra aldea intentando comprar esclavos. No había conseguido ninguno del padre de Konje o de Konje, pero siempre había sido amable y nos traía regalos.

Tres días más tarde, cuando me vio entre todos los esclavos que había reunido a lo largo de la costa, también fue amable. No me envió de regreso a la aldea, pero me buscó un rincón que estaba limpio, donde podía estar echada o estar de pie. En el resto del barco, el suelo estaba tan lleno que no se podía estar echada de espaldas.

Y sobre todo me ayudó a calmar mis temores. Yo no creía que los blancos del lugar adonde íbamos fuesen caníbales, como creían casi todos los demás. Nos harían trabajar duro, pero no nos comerían.

La isla de San Juan, que iba a ser nuestro hogar, pertenecía a Dinamarca, me dijo el capitán Sorensen. Dijo que estaba lejos, al otro lado del Océano, cerca de América. Me contó muchas cosas. Me contó, por ejemplo, cómo iba a ser vendida a un colono blanco y cómo debería comportarme.

—El colono que te compre —dijo—, te pondrá a trabajar en su casa o en los campos de caña de azúcar. En los campos, bajo el sol ardiente, los esclavos no aguantan mucho, quizás un año. Así que muestra tus blancos dientes, Raisha, sonríe mucho, y no digas nada a menos que te pregunten.

Al principio hablábamos en mi dialecto, pero después de algún tiempo el capitán Sorensen hablaba en danés y yo aprendí algo de su lengua. Me fue muy provechoso cuando llegué a la isla de San Juan.

4

El *Aventura de Dios* —un nombre tan prometedor para un barco tan cruel— tardó más de seis meses en navegar desde África hasta las islas. Dejamos la desembocadura del río por la noche. Navegamos lentamente hacia el Norte a lo largo de la costa de los esclavos y nos deteníamos en cada puerto.

El capitán Sorensen recogía dos o tres esclavos en cada puerto. Era muy particular. Dijo que no compraría ashantis porque causaban problemas. Los senegaleses eran inteligentes; los del Congo eran altos y bellos; los mandingos eran holgazanes; los ibos servían bien para criados, me dijo, y compró diez.

El *Aventura de Dios* estaba atestado antes de que saliéramos de la aldea de Accra. El barco tenía cuatro cubiertas, colocadas una sobre otra y tan cercanas que no se podía estar de pie, como ya he dicho. Los nuevos esclavos impedían moverse en el barco. Entonces se declaró una peste y tres o cuatro de nosotros moríamos cada día.

Lenta y sus hijos vivían en la más baja de las cuatro cubiertas. Yo no la había visto nunca hasta que comenzó la peste y oí que su hijo Madi estaba enfermo. Yo le subí conmigo al sitio que tenía en la primera cubierta. Resultó que no tenía la peste, sino que no podía comer la asquerosa carne verdosa y las gachas con gusanos que le daban, y las vomitaba siempre. Yo compartía con él la comida que el capitán Sorensen me procuraba cada día. Muy pronto, cuando volvimos a recorrer la costa para recoger más esclavos, Madi estaba bien. Su cuerpo era un saco de huesos, pero podía moverse, comer y mantener dentro lo que comía.

Poco después de haber dado la vuelta, una tormenta nos sacudió. El barco con todo su cargamento era demasiado inestable, se balanceaba como un tronco de madera. Los mástiles, desprendidos, se hundieron en el mar. El barco crujía y gemía. Olas grises se elevaban y envolvían la cubierta superior, arrastrando a los hombres al mar.

La tormenta nos llevó a la altura del puerto de Accra. Aquí, el capitán Sorensen cogió más esclavos para reemplazar a los que había perdido a causa de la mala comida, la peste y la tormenta, y navegó rumbo Oeste hacia las islas con trescientos ochenta y un esclavos a bordo.

No nos habíamos alejado mucho cuando el barco comenzó a hacer agua donde las maderas del fondo rozaban la superficie del mar. La grieta era pequeña en anchura, pero larga. El agua entraba rápidamente y empezaba a inundar la cubierta inferior. El capitán Sorensen envió marineros abajo para reparar la vía de agua, pero fracasaron; si acaso, consiguieron que el agua entrase más deprisa.

Él conocía a Madi, sabía que el chico tenía los dedos como palitos, y le mandó abajo con una cuerda alrededor de la cintura, para meter tiras de algodón engrasado en la grieta. Después de haber trabajado un rato, el agua del mar entraba más despacio.

Le izaron, le dieron un trago de ron, un plato de carne fresca y maíz y le mandaron abajo otra vez. Sus deditos metieron el algodón en el resto de la grieta. Dejó de entrar agua.

Ya había oscurecido y estábamos navegando deprisa cuando empezaron a izarle. En ese momento estaba allí, balanceándose en el aire con una cuerda alrededor de la cintura, y un momento después sólo estaba la mitad de él. Los tiburones se habían llevado el resto.

Su muerte estuvo a punto de producir una revuelta. Los esclavos no hablábamos de otra cosa, hasta que los marineros salieron armados con látigos, los guardias sacaron sus mosquetes, y el capitán Sorensen nos advirtió de que, si no dejábamos de hablar, nos daría agua de beber, pero nada de comer. Él mismo arrojaría al mar a los cabecillas de cualquier revuelta.

La comida empeoró. La carne salada tenía manchas verdes. El agua de los mohosos barriles tenía cosas nadando dentro. Y el barco apestaba. Se lavaba cada dos días, se enviaba abajo a los esclavos para quemar pólvora y matar los olores, pero el barco apestaba aún. Los de las cubiertas inferiores empezaron a morir, tres o cuatro cada día, y se les lanzaba por la borda. Un banco de tiburones grises empezó a seguirnos.

Entonces todo cambió. La comida mejoró y era más abundante. Uno de los marineros me dijo que el capitán Sorensen nos estaba engordando.

—En menos de dos semanas llegaremos a las islas —dijo—, y él quiere que todos parezcan sanos.

Yo pasé la noticia a los demás esclavos, pensando que todos serían más felices ahora que estábamos cerca del final de nuestro viaje. La noticia causó otro efecto. Se habían ido acostumbrando a sus vidas, aunque malas, y temían lo que podría suceder al llegar a tierra.

Todo lo que el capitán Sorensen me había contado de las islas de Santo Tomás y San Juan era verdad. Al entrar en el puerto de Santo Tomás y ver el gentío en las calles, tanto negros como blancos, reunidos alrededor de la plaza del mercado, con banderas ondeando por todas partes y bandas de música tocando, recordé todo lo que me había dicho.

Parecía como si ya hubiese estado allí antes. Incluso el corral para esclavos, con sus barrotes de hierro oxidado y multitud de guardias negros blandiendo látigos, lo había visto muchas veces.

Sólo cuando nos llevaron a una plataforma y, al mirar hacia abajo, vi un círculo de rostros blancos sudando al sol, me pregunté si después de todo los otros esclavos tendrían razón. Quizás estos hombres blancos que me miraban con bocas entreabiertas, fuesen caníbales que se comían a la gente.

5

El capitán Sorensen había decidido vendernos juntos a tres de nosotros, Konje, Dondo y yo. Lenta parecía desgraciada y tenía un aspecto horrible: todavía estaba afligida por su hijo, así que la dejaron a un lado.

Un hombre golpeó una piedra con un martillo. Era el subastador del que me había hablado el capitán Sorensen.

—Tenemos tres esclavos de primera calidad entre los trescientos traídos hoy a la isla por el *Aventura de Dios* —dijo—. Aquí esta Konje, jefe de la tribu de Barato.

Puso la mano en el hombro de Konje. Konje retrocedió.

—Un magnífico ejemplar, buen criador de hijos.

Konje tenía un aspecto magnífico. Le habían untado con aceite de palma. Estaba desnudo hasta la cintura y sus músculos resaltaban bajo el ardiente sol. Se destacaba por encima de los guardias negros que estaban de pie junto a la pared y por encima del hombre del martillo.

El subastador me señaló a mí:

—Raisha, la hija de un cacique. Fuerte y amable, madre de muchos hijos fuertes y amables. También habla danés.

Y Dondo, acostumbrado a servir en la casa de un jefe, es el perfecto criado para la familia.

Se limpió la frente y dio un golpe de martillo.

—Los tres, lo mejor que África puede ofrecer, serán vendidos a la vez —dijo—. Y no se tendrán en cuenta ofertas menores de dos mil táleros. ¿Qué es lo que oigo?

El subastador oyó el silencio y después los murmullos de los colonos. Un hombre que estaba debajo de mí le dijo a una mujer con un vestido rosa y una flor en el pelo:

—¿Qué te parece, Jenna?

—Yo creo que es una ganga por tres mil táleros —dijo ella—. Sólo el hombre ya lo vale.

—Es un poco orgulloso —dijo el hombre—. Haría falta una mano fuerte para controlarle.

—Tú tienes una mano fuerte, Jost.

Alguien gritó una oferta de dos mil cuatrocientos táleros. El subastador repitió la oferta y dio un golpe a la piedra.

—También me gusta la muchacha —dijo la mujer—, tiene una bonita sonrisa.

Era la misma sonrisa que había aprendido en el barco, como si me hubieran hecho un regalo que siempre había deseado. Me dolía la cara de sonreír y tenía ganas de lanzar un grito espeluznante. Los ojos azules del señor Jost, azules como el cielo, me examinaron de la cara a los pies.

Las ofertas se sucedieron, con unos cuantos táleros más cada vez. La mujer dijo:

—No seas tacaño, Jost, no vamos a estar aquí todo el día. Hace mucho calor. Felipe Horn está allí escribiendo en un pedazo de papel; quiere conseguirlos a toda costa. Líbrate de él con una oferta que no pueda superar.

Jost se aclaró la garganta, hizo bocina con las manos y gritó:

—Tres mil táleros.

La muchedumbre quedó en silencio. Los hombres que yo suponía propietarios de plantaciones y que estaban enfrente de pie con grandes sombreros de paja, se miraron unos a otros y sacudieron la cabeza. El subastador gritó:

—Tres mil táleros, ¿alguien dice tres mil cien?

El silencio aumentó. El señor Van Prok se quitó el sombrero y se lo puso otra vez. Parecía dispuesto a hacer una puja más alta.

—Tres mil táleros —dijo el subastador mirando a los colonos, llamando a cada uno por su nombre—. Señores, ¿qué dicen?

No dijeron nada. El martillo bajó con un golpe seco.

—Vendido al señor Van Prok, de Nido de Halcones, por la suma de tres mil táleros.

Un hombre negro salió silenciosamente de las sombras y subió la escalera de la plataforma donde estábamos nosotros tres. Era un hombre alto, pero encorvado por alguna desgracia, de tal manera que se movía como un cangrejo al ir de un lado a otro.

—Vamos —dijo—, yo os llevaré al bote que os conducirá hasta Nido de Halcones, en la isla de San Juan. San Juan sólo está a cuatro millas de aquí. Será un viaje agradable con este día de sol.

Pasamos ante el corral donde estaban los otros esclavos que habían llegado ese día a Santo Tomás en el *Aventura de Dios*. Aunque eran negros como la noche, parecían fantasmas y guardaban un silencio sepulcral. Me sentí muy cerca de ellos.

—¿Cómo te llamas? —preguntó Konje.

—Nerón —dijo el hombre.

—¿Cuál es tu trabajo en Nido de Halcones?

—Soy el bomba, Bomba Nerón. Vigilo lo que pasa en Nido de Halcones. Así que puedes llamarme señor Bomba.

Hablaba con un lado de la boca. Su arrogancia y frialdad y su mirada penetrante hicieron dejar la charla a Konje.

En el muelle, el bomba llevó a Konje dentro de una choza. Dos negros le pusieron esposas. Yo les vi coger un hierro al rojo y estampar un número en la espalda de Konje. Él no dejó escapar ni un sonido. También marcaron a Dondo.

Esperamos en el muelle por Jost Van Prok y su esposa. Vinieron con dos chicos, buenos para hacer recados, como le dijo el señor Van Prok a Nerón cuando el bomba les dirigió una mirada hosca.

—Tengo dos sirvientas —me dijo Jenna Van Prok—. Tú serás la tercera. Te gustará, estoy segura.

—Oh, sí, —dije yo.

Era para lo que me había preparado desde el día que el capitán Sorensen me había contado que era mucho mejor que trabajar en los campos, bajo el sol o la lluvia. Era por lo que yo había aprendido a ser dócil, a no decir nada a menos que me preguntaran y a sonreír incluso cuando sufría.

San Juan es una bella isla, sólo a unas cuantas millas de Santo Tomás, separadas por agua de un pálido azul. Al anochecer, nuestro pequeño bote llegó a Nido de Halcones, la plantación de Van Prok, y amarramos en la orilla. Desde aquí, todos fuimos andando a tierra, excepto Jenna Van Prok.

Ella llegó a la playa sobre los anchos hombros de Konje. Cuando él iba a dejarla en la arena, Bomba Nerón le miró. Fue una mirada inquisitiva, poco más que levantar un párpado, pero había odio en ella.

Yo le dije a Jenna Van Prok que Lenta, mi amiga, era una buena cocinera y sería de mucha ayuda en la casa.

—Yo pujé por ella —contestó—, pero los hermanos Haugaard ofrecieron más. Tienen una plantación cerca de Marty Point. Está cerca, así que podrás ir a verla.

Me miró por debajo del borde de su sombrero rosa.

—Tienes una bonita sonrisa, como un ángel del cielo —dijo—. Voy a llamarte Angélica. ¿Te gusta?

—Sí —dije, aunque el nombre no me gustaba en absoluto.

Los Van Prok cambiaron todos nuestros nombres. La señora llamó a Konje "Apolo" y su marido llamó a Dondo "Abraham". Era una costumbre, según supe. Los colonos querían que los esclavos olvidasen que habían nacido en África, que eran negros africanos.

—¿Entiendes lo que yo digo? —preguntó Jenna Van Prok—, ¿la lengua que hablo?

—Sí, cuando no habla deprisa —dije yo.

6

Nido de Halcones se asentaba en un lugar dominando al mar. No era ni pequeña ni grande entre las plantaciones de la montañosa isla de San Juan, pero la mitad de su tierra era llana, buena para el cultivo de la caña de azúcar.

El resto de la plantación estaba formado por hondonadas, barrancos cubiertos de arbustos y montes salpicados de rocas. Aquí el señor Van Prok había limpiado la tierra y construido terrazas para el cultivo del algodón.

La casa de Van Prok se levantaba sobre un acantilado poco elevado, desde el que se oía el mar. Estaba hecha de piedra y madera y semejaba un pequeño fuerte.

Las cabañas de los esclavos estaban a cierta distancia de la casa, junto a un gran montón de piedras, los hombres a un lado y las mujeres a otro. Entre las piedras había retretes. Estaban lo bastante lejos de la casa para no resultar desagradables a los Van Prok.

Mi cabaña, como las de los demás, tenía paredes de piedra y tejado de hojas de palma. Uno de los lados, frente al mar, estaba abierto. Era un alivio, porque de noche el viento soplaba a veces desde esa dirección.

La primera noche que dormí en mi cabaña, los esclavos de los Van Prok me contaron que un año antes una terrible sequía había asolado la isla. Se veían grandes nubes blancas que subían y bajaban, se extendían por el cielo y se ennegrecían, pero no caía ni una sola gota de lluvia.

Exactamente eso fue lo que sucedió en mi primera noche allí. El amanecer fue claro, con un ligero viento del mar. Se formaron nubes blancas y el cielo brillaba a través de ellas abriendo agujeros. Después se fueron extendiendo y se volvieron negras, pero no llovió. Las nubes desaparecieron durante la noche y los cielos se encendieron de estrellas.

Antes de ir a la cama, Jenna Van Prok me cuchicheó.

—Mi marido ha dicho a Bomba que mañana te ponga a trabajar en los campos. Ésa es su costumbre con todos los nuevos esclavos, le gusta probarles. No desesperes. En una semana habré conseguido que trabajes en casa.

Un trompeteo se oyó antes de amanecer con el fuerte sonido de la caracola. Los gallos cantaron. El bomba subía el camino con su garrote de jabí, golpeando al paso todo lo que encontraba.

—¡Vamos! —gritó—. No es domingo. Es un miércoles del mes de abril. No estás en África soñando con un desayuno de melones y pájaros asados. Estás en la plantación del señor Van Prok, en la isla de San Juan, en las Indias Occidentales Danesas, en las islas Vírgenes. ¡Vamos!

Fuimos hasta el pie de una colina, junto a un barranco cubierto de arbustos. Éramos quince, todos menos Konje. Le habían mandado a trabajar al molino de azúcar. Me habían contado que antes de la sequía el algodón crecía en el barranco en esta época del año y había flores rosa en los arbustos. Ahora todo estaba quemado y seco. Nosotros cortamos los arbustos con cuchillos largos y los arrastramos por el suelo.

A media mañana los chicos trajeron nuestro desayuno, un puñado de pescados secos y pequeños, del tamaño de dedos, y garbanzos secos, pero nada para beber. El sol caía a plomo, quemaba incluso más que en Barato.

A mediodía descansamos un rato. Era la hora en que los esclavos iban a trabajar en sus pequeñas parcelas de terreno para cultivar sus propias verduras. Ahora, todo lo que podían hacer era rascar la tierra chamuscada y arrodillarse a rezar pidiendo lluvia.

Después de la caída del sol, el bomba vino y dijo que no habíamos hecho mucho ese día, que no merecíamos siquiera el pescado frito que sus muchachos nos distribuían.

Después de tres días en el campo, me encontré con que en la casa de los Van Prok se comía mejor. Temiendo que yo me derrumbase por el trabajo y el calor, la señora había convencido a su marido para que no me tuviese allí una semana completa.

Me llevó a la casa y me convertí en una de sus tres doncellas, como ella me había dicho. Yo la atendía desde el atardecer a la medianoche junto con Amina, una esclava que estaba con ella desde hacía años, y cenaba lo que los Van Prok dejaban.

Comíamos cerdo salado de Holanda, cordero salado de Nueva Inglaterra, y pan cocido de Santo Tomás. Algunas veces el pan tenía gorgojos, que yo sacaba antes de servir a la señora.

La comida no era buena. El señor Van Prok se quejaba de ello.

—Nos mandan la carne que rechazan en el mercado —decía—, carne tan dura que tuerce los dientes. ¡Y la sal! Uno tiene que beber un barril de agua para calmar su sed. Y en este momento, que falta agua en toda la plantación.

Para los esclavos y los Van Prok el agua para beber se acababa después de la segunda comida del día, excepto la que se necesitaba para las mulas que movían los molinos que trituraban la caña para la melaza y el ron.

Las tres criadas de la señora tenían que trabajar cinco horas cada día en la destilería. Los tres criados del señor Van Prok también dedicaban cinco horas a acarrear agua hasta la colina. Entre los tres estaba Dondo. Había trabajado en los campos durante varios días, hasta que la señora Van Prok descubrió que sabía arreglar el pelo. Entonces le trajeron a la casa como criado.

Al principio, Konje había acarreado agua desde el mar a la colina. Podía cargar dos veces más que cualquiera de los otros esclavos. Más peso y mucho más rápido. Con un barril en la cabeza podía subir la empinada colina casi corriendo.

El bomba conocía el nuevo nombre de Konje y una vez, estando yo trabajando en la destilería, le oí gritar:

—Tú eres una maravilla, Apolo. Yo también lo fui, como tú, pero mira lo que hizo el martillo.

Después se echó a reír y golpeó el suelo con su garrote. Iba a maltratar a Konje para hacerle perder su arrogancia poco a poco.

Uno de los esclavos me contó que, en otros tiempos, el bomba había sido un hombre gigantesco. Pero se había escapado, y cuando le cogieron, en vez de cortarle una de sus piernas como manda la ley, le rompieron los huesos con un martillo. Curiosamente, después de aquello él amaba a los blancos y odiaba a los esclavos.

Konje sabía lo que el bomba intentaba hacer, pero cuando yo le dije que iba a matarse, solamente apretó las manos.

7

Una tarde, cuando ya la destilería había estado funcionando con la caña de azúcar almacenada meses antes y Konje había acarreado más agua que nunca, un barco entró en la bahía de Nido de Halcones. Dispararon un cañón, sonaron los cuernos, y una bandera subió al mástil.

El disparo de cañón despertó a Jost Van Prok, que estaba dormido en su hamaca. Yo acababa de empezar a arreglarle el pelo a su esposa, haciéndole tres pequeños bucles que llevaba en la frente.

El señor Van Prok se puso en pie de un salto y fue corriendo a la ventana para mirar a la bahía.

—Españoles —gritó con su vozarrón—. Semilla del diablo. Ladrones de Puerto Rico. ¿Qué querrán por su agua esta vez? El año pasado fueron dos táleros por cada tinaja, esta vez será el doble, podéis estar seguras.

La señora fue a la ventana.

—¡Qué suerte! —exclamó—, no importa lo que cueste. Ahora podremos tener un huerto. Podremos criar unas cuantas ovejas y comer carne fresca en vez de esa cosa salada de Holanda.

Estaba fuera de sí. Toda la plantación estaba excitada, porque ahora cada esclavo podría plantar su pequeño huerto. Todos estaban contentos, excepto Jost Van Prok, que tenía que pagar.

Los españoles vendían el agua a tres táleros la tinaja. Una tinaja era lo que un esclavo podía transportar en la cabeza. Las tinajas eran todas del mismo tamaño. Un hombre pequeño sólo podía llenar un tercio, un hombre fuerte transportaba dos tercios.

El capitán español no estaba contento con Konje. Y cuando el señor Van Prok redujo a cuatro el número de porteadores, Konje y otros tres, el capitán amenazó con hacerse a la mar a menos que le pagaran el doble.

El señor Van Prok pagó murmurando por lo bajo: "Ladrones. Españoles asesinos". Pero el agua había llenado de vida la plantación. El almacén se llenó de risas. Los esclavos cantaban. Bajaron de los campos y se pusieron a trabajar.

Muchos de los toneles para recoger lluvia que había en el almacén se habían resecado y hecho pedazos. Tenían que pegarse de nuevo. Nuestros dos carpinteros trabajaron todo el día y a la luz de las antorchas. Docenas de toneles tenían todavía agua, pero llena de huevos serpenteantes y pequeños mosquitos, y tenían que limpiarse.

El bomba se paseaba balanceando su garrote de jabí, con una sonrisa para todos menos para Konje.

Era de noche. Konje había estado trabajando desde el alba. Entró en el patio cuando yo llevaba la cena para la señora desde la cocina. Arrastraba los pies y derramó un poco de agua por un lado de la tinaja.

Después de haberla vaciado y salido del almacén, yo le hice sentarse. Le ofrecí un trozo del cordero salado de la señora. No lo quiso, pero sí tomó un sorbo de su copa de ron y después lo escupió. El bomba había estado observándonos desde las sombras. Atravesó el patio cojeando y miró a Konje que estaba tumbado en el suelo.

—Tú no tienes que beber el ron de la señora —dijo—. Tú no tienes que tocar la copa que ella usa, ¿entiendes?

Konje no contestó. Era un insulto no contestar, pero el bomba lo dejó pasar al ver a Konje levantarse.

Esperamos hasta que entró en la casa, probablemente para contar a los Van Prok lo que había sucedido.

—He notado que la destilería está funcionando —dijo Konje—. Hay fuego debajo de todas las ollas. Una de ellas está llena de mascabado.

Mascabado era el azúcar gruesa y amarilla que queda en la primera olla cuando la caña empieza a deshacerse.

—Cuando yo me vaya esta noche, después de traer una tinaja más, meteré al bomba en el mascabado. Harán una buena mezcla, ¿no crees?

—No puedes hacer eso. Ellos te cortarían en pequeños pedazos. Además, Nerón es un hombre enfermo. Tú puedes soportar sus insultos, los dos podemos.

—¿Por cuánto tiempo?

—Hasta que encontremos la manera de escapar.

—Yo ya la he encontrado. Los marineros del barco español me contaron que hay fugitivos en Mary Point. No saben cuántos, creen que son diez u once. Dicen que Mary Point está rodeada por acantilados altos y lisos en tres de sus lados. En el cuarto hay una pared de cactus tan gruesa que ni un caracol puede atravesarla.

—¿Cómo vas a pasar tú?

—Encontraré un camino. El mismo que encontraron los fugitivos.

—¿Qué voy a hacer yo?

—Te quedarás aquí hasta que yo venga a por ti.

—¿Dentro de un año?

—O antes.

—Me moriré.

—No te morirás. Vivirás y yo vendré a por ti.

—¿Cuándo te vas a ir?

—Esta noche.

Me levantó del suelo y me besó.

Se puso sobre la cabeza la tinaja vacía y empezó a bajar por el camino. Yo me quedé escuchando hasta que dejé de oír sus pisadas.

8

En el momento en que el gran tambor de Mary Point empezó a hablar, la arena del reloj terminaba de caer silenciosamente. Yo di la vuelta al reloj y la arena empezó a caer de nuevo. Jost Van Prok era muy particular acerca de las horas entre la noche y el amanecer, porque eran las horas del terror.

Ahora que habían pasado tres meses, el tambor se oía desde el Oeste y desde el Este, de todas partes donde los esclavos fugitivos tenían un campamento. El tambor decía lo mismo que la noche pasada y la noche anterior a la pasada y muchas noches antes de esa. El gran tambor de Mary Point siempre hablaba más alto. Era el que Jost Van Prok más temía.

Después de dar la vuelta al reloj fui a aliviar a la señora. Las moscas de la arena eran malas. Diminutas, apenas puede uno verlas, pero su picadura es feroz. Los mosquitos eran malos también, aunque durante meses no hubiera caído ni una gota de agua. La mayor parte de mis doce horas como doncella, las pasaba moviendo un abanico de hoja de palma.

El señor Van Prok estaba echado en su hamaca con las piernas colgando a los lados y se mecía a sí mismo intentando dormir después de una cena frugal de pescado y batatas. Al oír el sonido de los tambores, puso los pies en el suelo y se sentó muy derecho. Era un hombre corpulento, grueso, con brazos largos y puños nudosos. Miró desde la puerta con sus fríos ojos azules, su látigo estaba enrollado en el suelo, debajo de la hamaca.

—Los fugitivos lo están pasando bien —dijo su mujer—. Pero en cuanto su comida se termine, volverán corriendo.

—*La nuestra* desaparecerá antes —dijo el señor Van Prok—. Ellos la robarán de nuestros almacenes. De nuestros campos. Y nuestros esclavos les darán comida a escondidas.

—Te preocupas demasiado de los fugitivos —dijo su mujer—. ¿Por qué los vecinos y tú no os armáis y les aniquiláis?

—Porque se necesitarían diez veces más de los hombres que podemos reunir —dijo el señor Van Prok—. Los fugitivos nunca se quedarían a luchar. Se escabullirían por cualquier sitio y nunca les encontraríamos. Estos nuevos esclavos son diferentes de los que han nacido en las islas. Si les capturamos se quitarían la vida. Morir por su propia mano significa para ellos que su espíritu regresa a África y vive una vez más en el cuerpo de un noble. Eso es lo que me han contado.

—Qué tontería —dijo Jenna Van Prok.

—La única forma de controlar a los fugitivos es por medio de leyes más severas. Hemos sido demasiado suaves con ellos —dijo Jost Van Prok.

Dondo estaba junto a la hamaca, moviendo un abanico. Al oír las palabras "demasiado suaves" el abanico quedó quieto en el aire sofocante.

El señor Van Prok apuntó con el dedo a Dondo:

—¿Qué dicen los tambores? —preguntó.

—Yo no entiendo los tambores —contestó Dondo.

—Angélica —dijo el señor Van Prok, señalándome a mí—, tú has estado aquí durante meses y has oído los mensajes de los tambores, ¿qué dicen?

Yo conocía el lenguaje de los tambores. Yo sabía lo que estaban diciendo. Los fugitivos planeaban una revuelta contra todas las plantaciones de los blancos en la isla de San Juan. Se estaban preparando, almacenando armas de fuego, cuchillos y alimentos. Tardarían meses en estar dispuestos para la revuelta, no antes de noviembre.

—¿Qué dicen los tambores? —repitió el amo sin dejar de apuntarme con el dedo.

—No sé nada de tambores, señor.

—Deberías saberlo, especialmente del grande de Mary Point. Apolo, el hombre en el que piensas día y noche, en el que estás pensando ahora mientras pones cara de inocente, ése es quien dice lo que tiene que decir el gran tambor.

La señora dejó de sorber el aire que yo removía con el abanico de hoja de palma:

—Olvida los tambores —le dijo a su marido—. ¿Por qué no pides al gobernador Gardelin que traiga su ejército y prepare un maravilloso desfile? Un desfile impresionará a los nuevos esclavos y también a los viejos.

—¿Un ejército? El gobernador no tiene un ejército —replicó su marido.

El gato perseguía a una salamanquesa, acechando al brillante lagarto a lo largo de la repisa que rodeaba la habitación. Me dijeron que sacara al gato de allí. Cuando pude cogerlo, mis tareas del día estaban casi terminadas.

Ayudé a la señora a vestirse para la noche y le traje su copa de ron. Era un ron fuerte, el primero que se sacaba de los barriles, puro y capaz de matar al mismo diablo. Antes de que los tambores hablaran tanto, ella bebía Kjeltum, un ron mucho más suave.

Bebía el Mata-Diablos en una copa pequeña, decorada con cupidos pintados alrededor del borde. Bebió dos copas de ron.

Después se puso a buscar en su ropero y encontró un vestido que no se había puesto durante mucho tiempo. Me dijo que me lo pusiera. El vestido era demasiado grande para mí, pero me lo puse encima del mío de algodón.

El amo Van Prok se levantó de la hamaca y dijo que yo estaba más bonita con mi bata, sin el vestido. A la señora no le gustó.

9

Esa noche no iba a ver a Konje. Me lo había estado repitiendo a mí misma desde el anochecer, mientras atendía a la señora Jenna. Lo repetía cuando iba andando hacia mi cabaña por el sendero. Le había visto hacía cuatro noches.

Desde Mary Point había que pasar un camino peligroso a través de barrancos escarpados y hondonadas rocosas, de noche, cuatro largas millas para venir y volver. Podían pasar semanas hasta que le viese de nuevo. Era mejor saberlo que esperarle en vano.

Una media luna brillaba al Oeste. Pasé junto a la mimosa donde siempre nos encontrábamos. No miré al árbol.

Los tambores estaban sonando. Abajo, las olas se rompían en las rocas. Llegaban voces desde las cabañas de los esclavos. De repente, oí unos pasos suaves en el polvo. Podría ser un espíritu que me seguía. No me di la vuelta y caminé más deprisa.

Desde atrás me llegaba el soplo del viento de la noche. Junto a él oí mi nombre por dos veces antes de pararme. Él estaba allí, alto y brillante a la luz de la luna, bajo el árbol. Mi corazón era un pájaro golpeando contra mi pecho.

—Pasaste tan altanera, sin mirar siquiera —dijo.

—Tenía miedo de mirar por temor a que no estuvieras —le dije rápidamente, con voz apenas audible.

Él tocó la manga de mi vestido.

—Yo tuve miedo de hablarte cuando pasabas. No te conocía con ese vestido. Pensé que eras otra persona. ¿De dónde lo sacaste?

—De Jenna Prok. Ella me lo dio.

—Otro regalo.

Sacó un collar de piedras azules, de las que el mar pule y deja en la playa, y lo pasó sobre mi cabeza para colocármelo en el cuello. Me levantó en alto. Me rodeó como una nube tormentosa.

Cuando me dejó en el suelo, dije:

—Me prometiste llevarme contigo la próxima vez que vinieras.

—En el campamento escasea la comida —dijo—. Tenemos más gente de la que podemos alimentar. Dentro de un mes será diferente. Entonces vendré a por ti.

—Eso es mucho tiempo —dije yo.

—Podría ser más corto —dijo Konje—. Esta mañana oímos desde Santo Tomás que el gobernador está en camino hacia Nido de Halcones. Estará aquí mañana y se quedará algunos días, hablando con los plantadores y enterándose de cosas. Traerá pólvora y balas del fuerte, como la última vez. Dile a Dondo que necesitamos las dos cosas, que robe lo que pueda. Dile también que las esconda aquí en el cactus, detrás de mí.

—Se lo diré mañana por la mañana —dije—, cuando él pase con el señor Van Prok.

Los tambores habían dejado de hablar en Mary Point. No se oía ni aun el romper de las olas abajo, en la orilla. En el silencio, oí un ruido que había escuchado con frecuencia. Era el señor Van Prok y su látigo de piel de cabra. Estaba paseando por el camino que conducía a las cabañas. Lo hacía todas las noches desde que los fugitivos habían acampado en Mary

Point. Quería asustar a cualquiera de sus esclavos que tuviera la tentación de reunírseles.

El látigo era largo, tejido con bandas de piel de cabra, y tenía una pieza de metal en la punta. Desde una distancia de veinte pies podía dar a un pájaro en una rama. El latigazo sonaba como un disparo de pistola.

El sonido se iba acercando. Konje me levantó de nuevo y volvió a bajarme.

—Díselo a Dondo —susurró—, no me olvides.

Y se fue rápidamente.

Yo fui a mi cabaña, me quité el vestido y me tendí en la estera. El señor Van Prok pasó alrededor de las cabañas haciendo restallar el látigo.

Antes del amanecer, a las cuatro, cuando los esclavos del campo salían a trabajar, escondí mi collar debajo de la esterilla. Puse encima el vestido y bajé a la casa para dar el mensaje a Dondo, temerosa de no encontrarle más tarde.

Los lavabos de los Van Prok estaban fuera de la casa. El sol asomaba por encima del río y el señor Van Prok salía desnudo y desperezándose. Después de terminar su lavado, subía a la casa, y Dondo le frotaba con un cepillo de cola de caballo. Era la costumbre de los plantadores de la isla de San Juan y la de Santo Tomás, que no veían otra forma de empezar el día. Dondo hacía esa tarea con los dientes apretados.

Esperé hasta que el señor Van Prok bajó a la destilería, donde las mulas daban vueltas haciendo girar las afiladas piedras que aplastaban la caña de azúcar. Entonces le di a Dondo el mensaje de Konje.

Sacudió la cabeza.

—Yo robé pólvora cuando el gobernador Gardelin estuvo aquí hace dos meses, ¿te acuerdas?

—Me acuerdo. Casi te cogen.

—Casi. Tenía un saco, todo lo que me pude llevar. Lo guardé en la cueva, bajo la colina. Los guardias buscaron en casa. Buscaron en la playa. Estaban a punto de registrar la cueva cuando la marea subió. La marea no les dejó entrar, pero mojó la pólvora. Desde entonces, Van Prok la esconde en un armario cerca de su hamaca. A veces, cuando duerme y yo estoy moviendo el abanico, he tenido la idea de prender fuego al armario.

Por la manera de decirlo pensé que era algo más que una idea.

—Tú mismo reventarías —le dije—, y yo también.

—Lo haré cuando tú no estés por aquí.

—Gracias —dije.

—Conseguiré algo de pólvora para Konje.

—Él quiere que tengas mucho cuidado.

—Conseguiré la pólvora —dijo Dondo— y tendré mucho cuidado.

10

Mientras nosotros hablábamos, el barco del gobernador Gardelin era avistado en las azules aguas entre las islas de Santo Tomás y San Juan. El señor Van Prok salió del molino de azúcar y se apresuró a ir al fuerte. No era más que una casucha de paja, una pared de piedra, una plataforma también de piedra, y un cañón. El cañón humeó calladamente y fue contestado desde el barco con tres sonoros rugidos. Dondo dijo:

—Grandes rugidos quieren decir que el gobernador tiene mucha pólvora y que está enfadado.

—El gobernador siempre está enfadado —dije yo.

El barco entró en la bahía, se echó el ancla, y dos hombres fueron conducidos en el bote hasta la playa. La señora dijo sus nombres. Uno era el gobernador Gardelin, que hizo el resto del camino a hombros de un esclavo. El otro era el pastor Isaac Gronnewold, que rehusó ser llevado a hombros de los negros. Se puso a andar por el agua y se mojó los pantalones.

Una lancha llegó desde el barco a la playa. Estaba cargada

de comida, que los esclavos balanceaban sobre sus cabezas al transportarla hasta la cocina.

Iban cargados con gruesas rodajas de calalú, ramos de ellube para espolvorear, pimienta y ocra de Guinea, ñame de dulces raíces, chirimoyas y una cesta de pescado —no pescado en conserva o arenques salados, sino grandes peces de aguas profundas, de carne roja—, montones de ellos y barriles de cerveza.

Por último llegaron tres sacos marcados con X. Eran pesados. Los esclavos que los cargaban jadeaban bajo su peso.

—Pólvora —susurró Dondo.

Observamos cómo transportaban la comida a la cocina y los tres sacos de pólvora a la casa.

—Los pondrán en el armario, cerca de la hamaca de Prok —dijo Dondo.

—Ten cuidado —le advertí.

Llegaban risas desde la casa, pero ya no había risas cuando entré para atender a la señora Jenna. La puerta que daba al mar estaba abierta y los dos hombres estaban sentados frente a ella, de modo que la más pequeña brisa les alcanzara.

Felipe Gardelin tenía los pantalones arremangados para airear sus huesudas rodillas. Era el Gobernador de la Compañía de las Indias Occidentales y Guinea, rey de todo cuanto ellos hacían o podían hacer. Me asustaba. Yo tenía miedo de estar en la misma casa que él.

El gobernador estaba hablando con Isaac Gronnewold, el ministro en San Juan, un hombre joven, alto y tostado por el sol.

—Ya veo que trae su Biblia, aunque es contra la ley —dijo el gobernador—. La lleva por ahí y predica a los esclavos y yo le permito hacerlo. Pero no veo que nada haya cambiado. Son una partida de ignorantes.

—Sólo hace dos años que predico la Biblia —dijo el ministro—. Otros han predicado cientos de años. Y la mayor parte de nosotros, todos nosotros, somos todavía ignorantes.

—¿Por qué tenemos tantos enfermos en San Juan? —preguntó el gobernador—. En Santo Tomás no hay nada de esto. De seguir así no quedará ni un esclavo.

—Y seguirá así —dijo el pastor Gronnewold— hasta que a los esclavos se les dé la comida apropiada. Habrá notado que ninguno de los plantadores ha muerto de inanición.

El látigo del señor Van Prok estaba tirado bajo su silla. Lo recogió y lo puso sobre sus rodillas.

—Mis esclavos comen tan bien como yo. ¿Tengo yo la culpa de la sequía y de los huracanes que han destrozado sus huertos? ¿Es culpa mía que los esclavos hayan olvidado lo que es el trabajo, si es que lo supieron alguna vez? ¿Y cómo puedo evitar que se escapen si el monte está lleno de fugitivos que hacen hablar a sus tambores cada noche?

Cuando el gobernador empezaba a contestar las preguntas, la señora me llamó para ayudarla con su baño. Podría haber bajado al mar a bañarse, pero no le gustaba la sal que el agua del mar dejaba en su piel. Se bañaba en el agua del mar que se subía a la colina, después de hervirla.

Después de bañarla y vestirla, se reunió a los hombres. La conversación cambió.

No se dijo nada más de enfermedad, de hambre o de muerte. El gobernador Gardelin llevaba la conversación. Hablaba de la feliz vida en Dinamarca y cómo él esperaba traer algún día a las islas Vírgenes la misma felicidad.

La señora Jenna sonreía al oír estas palabras y bebía otro Mata-Diablos. Cada día bebía más de aquel fuerte ron.

11

El sol ya estaba alto cuando llegaron seis hombres a caballo con sus criados. Venían de las plantaciones. Era un día muy caluroso; se trajo un barril de cerveza y todos bebieron a la salud del gobernador Gardelin.

De la cocina salían deliciosos olores. Yo ayudé a poner la comida en la mesa. Todos estaban demasiado hambrientos para escuchar al gobernador, que seguía hablando de los días felices en Dinamarca.

Antes de terminar la comida, el señor Van Prok envió fuera a Dondo, con un mensaje para los esclavos de los campos. Habían empezado a trabajar a las cuatro de la mañana y todavía no habían comido. El recado les invitaba a venir a la cocina, donde se estaba asando un cerdo.

Los esclavos bajaron en tropel y de buen humor. Se reunieron alrededor del fuego y les repartieron rodajas de cerdo asado. Después les dijeron que fueran a sus cabañas y durmieran el resto de la tarde. Dieron las gracias al gobernador y se fueron cantando.

Al anochecer, el señor Van Prok volvió a llamarles a la cocina. Se reunieron alrededor, como habían hecho antes, en busca de más cerdo asado. Eran nueve mujeres, nueve niños y doce hombres. Otros tres hombres se habían escapado.

Los plantadores salieron de la casa y se sentaron en la pared de piedra, con sus criados detrás de ellos. Isaac Gronnewold salió con su Biblia en la mano, después el gobernador Gardelin y después el señor Van Prok. La señora Jenna, que había bebido dos copas de Mata-Diablos, se quedó dormida en la silla.

Ahora era de noche. Había esclavos con antorchas de madera resinosa a uno y otro lado del gobernador, que tenía en la mano un montón de papeles.

—Apolo, el que se escapó de esta plantación, está causando problemas en Mary Point —dijo el gobernador Gardelin—. Planea sublevarse contra todas las plantaciones de San Juan. Para enviarle una advertencia y para advertir solemnemente a todos los esclavos que puedan sentir la tentación de seguirle, he escrito una nueva serie de leyes. He hecho más severas las viejas leyes civiles.

La noche era sofocante. Ni una ráfaga de aire bajaba de las colinas o se levantaba desde el mar. El gobernador Gardelin hizo una pausa para beber cerveza. Su criado le arregló los papeles y los portadores de antorchas se acercaron a él para que pudiese ver.

—El cabecilla de los esclavos fugitivos —leyó en el papel—, será atenazado tres veces con hierros al rojo y después colgado. Cada esclavo fugitivo perderá una pierna o, en caso de que el propietario le perdone, perderá una oreja y recibirá ciento cincuenta latigazos.

Isaac Gronnewold le interrumpió:

—Si esas leyes se cumplen, la isla de San Juan será un hogar de tullidos, moribundos y muertos.

El gobernador levantó una mano pidiendo silencio y continuó:

—Cualquier esclavo que esté enterado de la intención de otros de escaparse y no dé información, será quemado en la frente y recibirá ciento cincuenta latigazos. Los que informen de conspiraciones de huida, recibirán diez táleros por cada esclavo complicado en ella. Un esclavo que se escape y esté fuera ocho días, recibirá ciento cincuenta latigazos; por doce semanas perderá una pierna; y por seis meses perderá su vida, a no ser que el dueño le perdone cortándole una pierna.

Esas cinco leyes eran nuevas. Ninguno de los reunidos allí en esa horrible noche las había oído antes.

Había un profundo silencio, incluso los niños estaban callados. Estábamos acostumbrados a las tenazas que se calentaban al rojo vivo. El señor Van Prok tenía unas colgadas en el molino de azúcar para que todos las vieran. También estaba el látigo que llevaba a todas partes. Pero ciento cincuenta azotes arrancarían al hombre más fuerte la carne y la vida.

—Los esclavos que roben por valor de cuatro táleros —dijo el gobernador—, serán atenazados y colgados; por menos de cuatro táleros, serán marcados y recibirán ciento cincuenta latigazos. Un esclavo que levante la mano para pegar a un blanco o le amenace con violencia, será torturado y colgado, si el blanco así lo exige; en otro caso, perderá la mano derecha.

El gobernador Gardelin descansó de nuevo para beber cerveza. Los plantadores hablaban en voz baja y pasaban una jarra de ron de unos a otros.

—Una persona blanca bastará para atestiguar contra un esclavo; y si un esclavo fuera sospechoso de un crimen, puede ser interrogado con tortura.

Una mujer empezó a llorar. La tortura era algo nuevo en la isla de San Juan.

Los tambores más próximos a la colina de Nido de Halcones empezaron a hablar. Sólo decían dos palabras; Tortura y Muerte. Las palabras fueron recogidas enseguida por los tambores más alejados de la colina y por los tambores del Norte y el Oeste.

El gobernador se quedó callado al oírlos. Tomó otro sorbo de cerveza y se limpió el bigote con la mano.

—No se permitirá a ningún esclavo venir a la ciudad con

porras o cuchillos, o luchar con otros, bajo pena de cincuenta latigazos. La brujería será castigada con azotes.

—Un esclavo que intente envenenar a su dueño será atenazado tres veces con hierros al rojo y después destrozado en una rueda.

Más alla de la colina de Nido de Halcones, el tambor decía "Tortura, Muerte". Después, el gran tambor de Konje en Mary Point repitió las palabras una y otra vez, "Tortura, Muerte. Tortura, Muerte..." Los tambores llenaban la noche.

—Un negro libre que encubra a un esclavo o a un ladrón, perderá su libertad o será desterrado —dijo el gobernador.

—Todos los bailes, fiestas y juegos quedan prohibidos, a menos que se obtenga el permiso del dueño o del capataz.

—Ningún esclavo de una hacienda estará en la ciudad después del toque de queda; de no ser así, será llevado al fuerte y azotado.

—El representante del Rey tiene la obligación de que estas ordenanzas se lleven a efecto.

—¡Y yo, Felipe Gardelin, representante del Rey, cuidaré de que sean cumplidas con la ayuda de Dios!

Pasó los papeles a su criado. Sacó la espada de la vaina y la mantuvo por encima de su cabeza. La espada brillaba a la luz de las antorchas.

12

El señor Van Prok era feliz con las nuevas leyes. Tan pronto como el goberandor envainó su centelleante espada le abrazó rodeándole por los hombros, tan emocionado que apenas podía hablar.

—Sus leyes son lo que estábamos esperando —dijo—. Nuestras plegarias han sido escuchadas. Alabado sea, gobernador Gardelin.

El señor Duurloo, dueño de una gran plantación cercana, exclamó:

—¡Buen trabajo, gobernador!

Pero un plantador de Bahía Cruz estaba preocupado.

—¿Qué sucede si uno de mis esclavos es castigado y no puede trabajar? Yo no soy un gran plantador, sólo tengo siete esclavos. Sería duro perder uno de ellos.

—No hay que preocuparse —dijo el gobernador Gardelin—. Mi compañía le pagará todo el valor de un esclavo si queda tullido, o si lo prefiere, lo cambiará por un esclavo sano.

—¿Un buen esclavo por uno tullido?

—Exactamente.

—¿Cuándo?

—En cuanto llegue un barco de esclavos.

—¿Y si no llega un barco?

—Esperará usted hasta que llegue —dijo el gobernador. Se estaba impacientando con el plantador de Bahía Cruz—. ¿Le gustaría volver a estar como antes? ¿Con los esclavos desapareciendo uno a uno en el monte?

—Oh, no.

—¿Cien esclavos reunidos en Mary Point, listos para lanzarse sobre nosotros en cualquier momento y cortarnos el cuello?

—¡Dios no lo quiera!

No hubo más preguntas del plantador. Se reunieron en la casa, bebieron el resto de la cerveza y se echaron a dormir en el porche. El ministro Gronnewold colgó su hamaca bajo un árbol. El gobernador Gardelin regresó con sus soldados al barco, donde se sentía más seguro.

Sin un suspiro, como almas indefensas, los esclavos recorrieron silenciosamente el camino hasta sus chozas. Pero a medianoche, después de haber servido a la señora el último trago de Mata-Diablos y de haberla ayudado a acostarse, les encontré cuchicheando junto a un pequeño fuego entre las rocas.

Todos los esclavos estaban allí, excepto Felicidad. Ella era una esclava adaptada —es decir, nacida en la esclavitud y que no conocía nada más—. Era una mujer bonita, de veinte años, y tenía cuatro hijos. Nunca pensaría en fugarse.

A los otros esclavos no les gustaba. A decir verdad, tampoco yo les gustaba. Me miraban con recelo porque era una doncella y trabajaba en la casa, no en los campos con ellos. Ninguno de los esclavos era leal a los Van Prok. Dejaron de cuchichear cuando me acerqué, así que dije buenas noches y me fui a mi cabaña.

El señor Van Prok subió el sendero con su látigo. Había bebido demasiado y el látigo no restallaba como de costumbre. Pero los esclavos lo oyeron y estaban silenciosos cuando él pasó.

Se paró y me llamó por mi nombre.

—¿Estás dormida?

Yo no contesté.

Él pasó la cabeza entre las ramas cruzadas que sostenían el techo.

—Angélica, ¿me oyes?

Lo dijo farfullando. Había bebido mucho ron y cerveza. Si hubiera estado dormida, me habría despertado. Me senté y dije:

—Le oigo, señor Van Prok.

—Bien. Quiero que sepas que las nuevas leyes del gobernador Gardelin no se refieren a ti. Están pensadas para los desagradecidos, los insensatos, la escoria que ha olvidado lo afortunada que es, ¿entiendes?

—Sí —dije, y crucé los dedos para convertir ese *sí* en una mentira.

—Ha sido un año duro para nosotros. El huracán que ha asolado nuestros campos, la sequía que todavía nos sigue castigando. Escasas cosechas de caña de azúcar y, en consecuencia, poco ron, nuestro sustento. Ahora los fugitivos y la terrible amenaza de una revuelta. Puedes ver que estamos en un callejón sin salida.

Claro que lo veía. Por un momento llegué a sentir pena por el señor Van Prok y sus problemas. Por todos los colonos de la isla.

—Tú has leído la Biblia de Gronnewold —dijo—. Sabes que la ley del ojo por ojo y diente por diente era regla en otros tiempos. Sirvió entonces y servirá ahora.

Nunca me había hablado antes de esa manera.

—Lo he intentado todo y he fracasado —dijo.

Me sentí más atrevida de lo que nunca me había sentido desde el día en que entré en la jaula de los esclavos.

—Lo ha intentado usted todo menos la libertad —dije.

Sus hombros se pusieron rígidos. Se aclaró la garganta.

—La libertad vendrá —dijo.

—¿Cuándo, señor?

—Cuando los esclavos estén preparados.

—Están preparados ahora. Ya han tenido bastantes tenazas calientes y látigos y martillos que rompen los huesos.

Dio unos pasos dentro de la cabaña y se paró delante de mí.

—Libertad —dijo—. Ellos no saben lo que significa la libertad. ¿Lo sabes tú?

—Yo era libre en África.

—¿Para qué? ¿Para dormir al sol? ¿Comer carne de mono y bailar?

El gran tambor estaba hablando de nuevo. "Bum de, Bum de, Bum".

El señor Van Prok abrió los brazos y empezó a bailar al son del gran tambor. Después dijo:

—Dormir, comer, bailar. Eso es todo lo que vosotros sabéis acerca de la libertad, como los demás esclavos, los que tienen serrín en la cabeza en lugar de cerebro.

Dejó de bailar sin aliento y se paró otra vez delante de mí.

—¿Sabes una cosa? —dijo con voz ronca—. Voy a darte la libertad. Mañana firmaré los papeles y los mandaré a la oficina de Santo Tomás. Pero tú eres libre ahora, ahora mismo, en este momento.

Yo estaba aterrada.

Se inclinó sobre mí. Su sombra llenaba la cabaña.

—Tú eres libre, te digo. ¿Por qué no te levantas y bailas de alegría?

Yo no me moví.

—¡Baila! —gritó.

Yo no podía moverme. Le contesté gritando.

—Libera a los esclavos de esta plantación. Entonces bailaré.

Él se quedó pasmado.

—¡Válgame Dios! ¿Liberar a los esclavos? ¿Quieres arruinarme?

—Libérales —dije en voz baja.

—A ninguno. Y tampoco a ti. He cambiado de opinión. Todavía eres esclava y siempre lo serás.

Retrocedió y se aclaró la garganta:

—Tengo que haber bebido demasiado.

Salió de la cabaña dando traspiés. Le oí bajar el camino tambaleándose y haciendo restallar el látigo.

13

El señor Van Prok y su látigo no habían terminado aún de bajar el sendero cuando llegó Dondo. Se sentó y se sacó una espina del pie descalzo.

—Cuando Prok salió de casa cogí la pólvora —dijo—. Cogí bastante pólvora para dieciocho o veinte disparos. Lo escondí donde me dijiste, más allá de las mimosas, en el cactus. Lo tapé bien. Si llueve, no se empapará. Mañana no, pero pronto, cogeré más.

Me quedé despierta en la cama después de que él se fue. El gran tambor de Mary Point estaba hablando; siete notas una y otra vez, diez veces, después de una pausa. Estaba contando el tiempo antes del día de la revuelta. Todos los esclavos desde Mary Point a la Bahía de Coral estaban escuchando. Al otro lado de la bahía, en Santo Tomás, los esclavos estarían escuchando también.

Antes del amanecer se levantó el viento Norte. El cielo se nubló y empezó a caer la lluvia. Yo bajé corriendo el camino hasta el cactus para ver si la pólvora estaba seca. No estaba. La busqué con cuidado, pero la pólvora no estaba. Konje había estado allí.

Estaba enfadada porque no se hubiera molestado en llamarme. Después me sentí avergonzada de mí misma. Él estaba siempre en peligro cuando venía de Mary Point a Nido de Halcones.

La lluvia pasó y el cielo se aclaró, pero el viento seguía soplando. A corta distancia de nuestra orilla estaba Cayo Silbador, un montón de rocas caídas y cuevas rodeadas de arrecifes de coral. Cuando soplaba viento del Norte, el cayo emitía extraños ruidos. A veces sonaba como el llanto de un niño. A veces como los gritos de un animal herido, una serpiente de los abismos. Otras veces, los sonidos eran como arrullos de palomas. Esta noche, mientras Konje hacía su camino de regreso a Mary Point, los sonidos eran como pisadas en el polvo.

El cielo se nubló otra vez. Una ráfaga de lluvia repiqueteó en el polvo. El bomba Nerón sopló el cuerno que despertaba al gran gallo rojo, que estiraba el cuello y ayudaba a despertar a los esclavos del campo. En la negra oscuridad previa al amanecer, iban a trabajar para construir una terraza en la colina, detrás del molino, para el algodón que el señor Van Prok esperaba plantar.

Generalmente yo me dormía después de que el bomba llamara. Pero antes de una hora, con las primeras luces, Isaac Gronnewold se levantaría. Ese día fue la primera vez que hablamos desde que estaba en Nido de Halcones.

Me apresuré a bajar a la playa por el acantilado y me di un baño. El agua estaba tan clara como el aire. Entré hasta que el agua me cubría los hombros, luego volví nadando a la orilla y me puse el vestido que me había dado el ama Jenna.

Vi al pastor Gronnewold que bajaba por el camino. Pensé que nunca llegaría a la orilla. Daba un paso o dos, se paraba y leía la Biblia, después daba otro paso o dos, se paraba y miraba al cielo y al mar.

—Buenos días —grité cuando estaba a medio camino.

No contestó, pero cerró la Biblia y se acercó deprisa.

Tenía piernas largas y delgadas como una cigüeña. Pasaban por encima de las piedras y saltaban los matorrales.

Me encontré con él al final del camino y caí de rodillas, porque Isaac Gronnewold amaba a todos los esclavos de la isla de San Juan, incluso a los fugitivos, incluso la negra cara de Nerón. Me parecía extraño que pudiera amar a todos, buenos o malos, pero lo hacía.

Isaac Gronnewold extendió su larga mano huesuda e hizo que me pusiera de pie. No le gustaban mis reverencias, que llamaba "postraciones", pero yo las hacía de todos modos.

—Anoche —dijo—, ¿oíste al gobernador Gardelin leer las nuevas leyes?

—Sí, le oí.

—¿Le oyeron los otros esclavos?

—Sí, le oyeron.

—¿Pero tú crees, y creen los demás esclavos, que las nuevas leyes son sólo amenazas para asustar a los cobardes y advertir a los atrevidos?

—No sé lo que creen los demás. Yo creo que el gobernador es un hombre cruel. Está contento de tener una excusa para ser cruel. Las leyes ya eran bastante crueles antes de que él las cambiara.

—Las nuevas leyes no son amenazas. Son reales. Tú y todos los esclavos del señor Van Prok tenéis que entender eso.

—Ellos lo entienden. Yo lo entiendo.

—Antes de las nuevas leyes, cuando teníamos las viejas, yo iba de plantación en plantación. Y muchos domingos del último año, yo leía la Biblia.

—Sí, usted leyó muchas veces "Lo que el Señor busca de ti no es sino que trates humildemente con tu Dios".

—Eso no se cumplió. Los esclavos, desde Bahía Cruz a Nido de Halcones, y desde aquí a Mary Point, no son humildes. En lugar de serlo, muchos se escaparon y se escondieron en los bosques. Ahora hay fugitivos desparramados por toda la isla, más de trescientos. Y cada día huyen más.

—Usted también leía otras cosas en la Biblia. Leía lo que Cristo decía a sus amigos cuando fue a la montaña. Él les decía: "Bienaventurados los pacíficos porque ellos heredarán la tierra". Él dijo otras cosas, pero ésas son las palabras que usted decía cada vez que nos hablaba. Usted las decía en cada plantación de la isla. "Bienaventurados los pacíficos porque ellos heredarán la tierra". Yo recuerdo que no sabía lo que quería decir heredar y usted dijo "significa poseer". Los pacíficos poseerán la tierra.

El ministro Gronnewold se tiró de la nariz.

—Lo recuerdo —dijo, como si no desease recordar.

—¿Es eso lo que va a decirnos ahora? ¿Quiere que nosotros obedezcamos las nuevas leyes?

—Las nuevas leyes son malas. Tan malas que se destruirán a sí mismas, una por una.

—Pero hasta entonces, hasta que se destruyan, ¿debemos obedecerlas?

—Vosotros *tenéis* que obedecerlas. No hay otra elección.

—Podemos escapar. Docenas lo han hecho. Más de doscientos están escondidos ahora en Mary Point.

—Sí, pero morirán.

—Mejor morir...

Se oyó un disparo de cañón del barco del gobernador Gardelin. Estaba anclado lejos de nuestra bahía, demasiado lejos para ser sorprendido por enemigos. Se levantaron ráfagas de un sucio polvo blanco y flotaron hacia nosotros. Una bandera amarilla se agitaba al viento. La cubierta estaba invadida por guardias con sus brillantes uniformes rojos.

—Eso es verdad, querida Raisha —Él y Konje eran los únicos que siempre me llamaban por mi verdadero nombre—. Pero ocurrirá.

—¿Cuándo?

Él apartó la mirada hacia un lugar lejano.

—¿Cuándo? —repetí—. ¿Cuándo heredarán la tierra los pacíficos?

Él sacudió la cabeza.

—Hace muchos años que Cristo pronunció esas palabras. Y pueden pasar muchos más.

—¿Mientras estemos vivos?

—¡Ah, no! Pero nunca a menos que seamos pacíficos.

—Entiendo —dije, aunque no entendía.

14

El cañón rugió. De nuevo se levantaron ráfagas de humo. El gobernador Gardelin bajó la escalerilla del barco, subió a un bote adornado con banderas y se hizo conducir a la orilla. En el bajío subió a hombros de dos guardias. Pero después de unos cuantos pasos, uno de ellos tropezó y el gobernador cayó al agua.

Se levantó gritando, agitando los brazos, y regresó al barco. No le vi hasta cerca del mediodía. Tenían preparado un caballo para él. Subió desde la playa rodeado de guardias y con músicos tocando. Se llamó a los esclavos de los campos para venir a saludar. A mí me invitaron para reunirme con ellos. El gobernador estaba hablando con Isaac Gronnewold, que iba a ir a Mary Point para hablar con los esclavos fugitivos. Le dio un papel con las nuevas leyes escritas y le dijo:

—Léaselas.

—Ellos ya conocen las nuevas leyes —dijo el pastor Gronnewold—. Los tambores se lo han dicho.

—Asegúrese de decírselo otra vez —dijo el gobernador.

—Lo haré con mucho gusto, señor.

—Y diga a Konje que si él devuelve a sus fugitivos a las

plantaciones de las que se han ido tan insensatamente, yo les perdonaré a pesar de la ley. Ninguno será castigado, excepto con dos mordiscos de tenazas y diez latigazos. No perderán piernas ni brazos, ni sus vidas.

—Sí, señor —dijo Isaac Gronnewold.

Puso el papel entre las hojas de la Biblia y la volvió a atar en su burro. La Biblia tenía una cubierta de madera y piel de cabra. La madera estaba astillada y el largo pelo de cabra se había gastado. Se montó en su burro y empezó a subir el camino.

Yo corrí a su lado.

—Por favor, salude a Konje con todo mi amor —dije.

—Así lo haré.

—Pero guarde un poco para usted.

—Lo haré.

Se paró al llegar a la hondonada que baja de golpe y luego vuelve a subir.

Iba montado en un asno gris. Prefería los asnos a los caballos, porque le gustaba balancear sus largas piernas y tocar el suelo.

—¿Le digo a Konje que regrese? —me preguntó.

—Konje no regresará, diga lo que diga yo.

—¿Tú no quieres que vuelva?

—No. Yo me iré con él cuando haya bastante comida en Mary Point.

Isaac Gronnewold levantó su mano huesuda y me cogió por el hombro.

—Escucha —dijo—. Nunca habrá bastante comida en Mary Point. Los fugitivos sólo tendrán lo que roben y lo que les den los esclavos. Eso terminará con las nuevas leyes, y los guardias van a registrar cada colina y cada valle de la isla; empiezan hoy mismo.

Yo quería enfadarme con él, pero, aunque el horrible pensamiento me dejaba sin respiración, sabía que estaba diciendo la verdad.

Como si fuera un profeta repitiendo la Biblia, dijo:

—A menos que Konje y sus fugitivos se rindan, morirán; hombres, mujeres, niños y niñas.

—Quizás el Señor haga un milagro, como hizo un milagro cuando partió el mar en dos mitades a ambos lados de los hijos de Israel, que pasaron entre las paredes de agua para llegar a tierra y salvarse de los egipcios.

—Los hijos de Israel fueron esclavos en Egipto durante cuatrocientos treinta años antes de ser salvados. Los esclavos de San Juan han sido esclavos en esta isla durante diez años escasos.

—¿Tenemos que ser esclavos cientos de años para que el mar se parta en dos y quedemos libres?

—Rezo día y noche para que el mar se parta mucho más pronto. Tú tienes que rezar también. Y pide a los demás que recen.

—Yo rezo. Todos los esclavos rezan.

—El Señor nos oirá —dijo Isaac Gronnewold.

Llegamos al fondo de la hondonada. Había un agujero a un lado del sendero donde se había acumulado agua. Alrededor de él había empezado a crecer la hierba. El burro cambió de dirección y empezó a pastar. El pastor tiró del ronzal, pero el burro siguió comiendo. Isaac Gronnewold le habló, diciéndole amables palabras de la Biblia. Algunas veces hablaba a los pájaros y animales como si fueran personas.

El animal siguió mordisqueando la hierba. El predicador le explicó que tenían muchas millas por andar y trabajo que hacer. El animal levantó las orejas y escuchó, pero continuó comiendo. Yo también tenía trabajo que hacer.

—Amigo mío —decía el pastor Gronnewold al burro—, si te mueves, te leeré el Éxodo, tu parte favorita de la Biblia. Puedes comerte el resto de la hierba cuando volvamos.

Mientras él seguía con su charla, yo busqué alrededor y encontré la rama de un árbol seco. Di un buen golpe al animal, que le puso en camino.

—Todo mi amor a Konje —grité otra vez.

Él no contestó, pero levantó la Biblia y dijo adiós con la

mano. Sus piernas se bamboleaban. Parecía un burro con seis patas saltando por el camino.

Cuando volví, corriendo porque era tarde, el gobernador Gardelin y sus guardias vestidos de rojo, casi cincuenta, estaban enfrente del molino. Estaba diciéndoles lo que quería ese día. Ellos estaban divididos en cuatro pelotones, uno dirigido al Norte, otro al Sur, otro al Este y otro al Oeste.

Quedaos en los caminos trazados, no os desviéis —decía—. Visitad cada plantación. Voy a dar al oficial de cada pelotón una lista de mis leyes. El oficial leerá todas y cada una de las nuevas leyes, sin dejar ninguna.

El sol de mediodía parecía parado en el cielo. Había gotas de sudor en la frente del gobernador. Se paró para secarlas.

—No tenéis que utilizar vuestras armas —siguió—, a menos que seáis atacados, cosa poco probable. Y tenéis que volver a esta plantación no más tarde del miércoles por la mañana, siendo hoy lunes.

Los guardias montaron en sus caballos, erguidos en la silla, riendo para sus adentros. Parecían felices al alejarse del gobernador Gardelin.

15

Después de haber bañado a la señora, traje su desayuno de la cocina y el almuerzo para el señor Van Prok y el gobernador Gardelin. El gobernador tenía seis guardias vigilando fuera de la casa. Estaba escribiendo en un papel, mientras Dondo le abanicaba y espantaba las moscas. Después volvió a su barco.

El señor Van Prok trabajaba fuera a pleno sol. Hizo bajar a los esclavos del campo y recoger ramas de piña de ratón, que tienen cientos de espinas curvadas, que no pinchan como las de los cactus, pero te desgarran la carne. Los esclavos hicieron ristras con las ramas y las ataron sobre las seis ventanas de la casa.

—Nadie podrá entrar de repente por una ventana —dijo el señor Van Prok a su mujer cuando llegó a casa al anochecer.

—¿No pueden cortarse con cuchillos afilados? —preguntó ella.

—Sí, pero lleva su tiempo. Nos dará una oportunidad, no nos sorprenderán. No quiero levantar la vista y encontrarme con alguien a tu lado armado con un cuchillo de caña.

Yo estaba agitando el aire caliente con el abanico, manteniendo a las moscas lejos de ama Jenna. Su cuerpo se estremeció al oír esas palabras.

—Estoy asustada —dijo.

Estaba asustada desde hacía semanas. El señor Van Prok había oído lo mismo muchas veces.

—Deberías irte a Santo Tomás —dijo—. Santo Tomás es mucho más seguro. Han tenido menos de una docena de fugitivos y todos han sido capturados y castigados. Podrías ir con el gobernador cuando nos deje dentro de un par de días.

Ella se volvió hacia mí.

—¿A ti que te parece, Angélica?

No era una pregunta fácil de responder. Yo sabía que ella estaba en peligro. Todos los blancos estaban en peligro y el peligro crecía de día en día. Me encogí de hombros y no dije nada.

—¡Habla! —dijo el señor Van Prok.

—No sé nada de ese peligro.

—Tienes que saber algo.

En ese momento, cuando la oscuridad se hacía más intensa, el gran tambor de Mary Point empezó a hablar. Hacia el Sur, en Bahía Cruz, otro tambor más pequeño intervino también.

—Tú conoces el lenguaje de los tambores, Angélica. ¿Qué están diciendo?

—El tambor pequeño dice que han venido soldados a caballo y se han ido otra vez.

—¿Y qué dice el gran tambor?

—Sólo está parloteando.

—¿Acerca de qué?

—De tonterías.

—¿Qué clase de tonterías?

—Sólo está haciendo ruido.

Era la verdad, pero el señor Van Prok se levantó de su hamaca y empezó a andar a grandes zancadas. Las pesadas botas resonaban en las piedras y sofocaban el sonido de los tambores.

Se paró.

—Ruido. Tonterías. ¡Ah! ¡Tú eres la que está haciendo ruido! ¡Tú eres quien dice tonterías!

Me apuntó con el dedo:

—Estás mintiendo, Angélica. Deja de abanicar.

Yo dejé a un lado el abanico.

—Mírame —ordenó.

Yo nunca había mirado al señor Van Prok, desde aquel primer día en la plantación, cuando él había alargado la mano y tocado mi piel. Entonces yo estaba enfadada. Le había mirado directamente a los ojos. Él me abofeteó y dijo que yo no tenía que mirarle a él, ni a su mujer, ni a ningún otro blanco. Yo tenía que mirar arriba o abajo o a un lado, pero nunca directamente a los ojos de una persona blanca. Era una costumbre de las islas de San Juan y Santo Tomás. Si alguna vez volvía a hacerlo, me pellizcarían con las tenazas al rojo vivo.

Ahora que yo había dejado de abanicarla, la señora Van Prok se quejaba de las moscas y del calor. Su marido le pidió que se callara.

—Angélica, mírame —dijo otra vez.

Yo intenté mirarle, pero mis ojos se desviaban a cualquier lado de la habitación, hacia Dondo, a la lagartija que cazaba una mosca o a los dedos ensortijados del señor Van Prok, que apuntaban al techo.

—Mírame —dijo—, no mires la habitación, ya la has visto antes. Mírame a *mí!*

Sentía como si me pesaran los ojos. Miré hasta la mitad de su peluca. Se me humedecieron los ojos y las lágrimas cayeron por mis mejillas. No podía mirar más.

—Mírale, querida —dijo ama Jenna.

Yo bajé los ojos. Le miré de frente. Fue como mirar al sol ardiente.

—Bien —dijo el señor Van Prok—. Ahora dime de qué hablan los tambores.

Resonaban muy alto ahora que él había dejado de patear el suelo. Hacia el Sur, un tercer tambor se les había unido.

—Hacían ruido y hablaban tonterías —dije—. Ahora están hablando del día en que empiece la rebelión.

La señora se levantó de la hamaca por sí misma y puso los pies en el suelo.

—¿El día? ¿Cuándo será eso?

—Los tambores no dicen cuándo.

La señora dejó escapar un pequeño grito. Volvió a echarse en la hamaca. Sentí una gran lástima de ella, estaba tan pálida y asustada.

El señor Van Prok dijo:

—Las leyes de Gardelin calmarán a los fugitivos en cuanto piensen en ellas un día o dos. Lo pensarán dos veces antes de atacar las plantaciones.

Ama Jenna miraba al techo y yo la abanicaba.

—Te enviaré a Santo Tomás, te sentirás mejor allí —dijo el señor Van Prok amablemente.

—¿Y dejarte solo aquí?

—Sólo durante un mes o dos. Hasta que callen los tambores y tú puedas venir a casa —prometió.

—Un mes es mucho tiempo.

—Tú estás dejando de comer, pasando noches sin sueño. Estoy preocupado por ti.

—Y yo estoy preocupada por ti, querido Jost. Desearía que tú también pudieras ir a Santo Tomás. Pero claro, no puedes. Qué horribles tiempos.

Un cuarto tambor más pequeño, estaba hablando ahora desde las colinas del Nordeste.

La señora pidió bebida y yo se la traje. El fuerte ron Mata-Diablos era lo único que nos quedaba. Durante un rato estuvo bebiendo pequeños sorbos y su cara se animó.

De pronto me dio un codazo en el pie y me dijo que empaquetara sus cosas.

—Cuatro vestidos para el día y tres para la noche —dijo—. Nada más, no voy a salir.

Me quedé sin aliento ante la idea de irme de San Juan.

—Y empieza a empaquetar pronto —dijo—; no sabemos cuándo se irá el gobernador.

Me oyó respirar agitadamente.

—No te preocupes, tendrás más que comer en Santo Tomás. Te gustará, ¿verdad, Angélica?

Yo tenía que ir con cuidado para que no sospechara, para que no supiera que yo nunca me iría de San Juan. Aunque me metieran en el negro agujero bajo el molino y me quemaran con tenazas al rojo vivo.

—Prepararé sus vestidos mañana —dije.

Después de medianoche, cuando los Van Prok estaban dormidos, Dondo me siguió fuera.

—Te oí hablar con la señora Jenna —dijo—. ¿Mentías cuando dijiste que irías con ella?

—Sí.

—¿No vas a ir?

—No.

—¿Qué vas a hacer?

—Escapar.

—¿A dónde?

—No sé. No puedo ir a Mary Point. Ahora no puedo. Pero Cayo Silbador está cerca y justo al otro lado. ¿Qué te parece?

—Yo estuve allí una vez. Hay cuevas y sitios donde esconderse. Allí nunca te encontrarían.

Nerón estaba mirándonos, medio escondido en la puerta del molino. Sin una palabra más, nos despedimos.

16

Los soldados vestidos de rojo de Gardelin entraron a caballo en Nido de Halcones al caer la tarde. Traían malas noticias para el gobernador. En la mayor parte de las plantaciones faltaban esclavos. Algunos plantadores habían perdido dos esclavos. Erik Van Slyke, de Cueva de los Huracanes, había perdido cuatro.

Se encontró a uno de los fugitivos escondido en un árbol. Era muy joven, más joven que yo, nada más que un chiquillo, y tenía cicatrices de dobles tenazas. El gobernador Gardelin le encerró en el agujero negro, debajo del molino de azúcar. Era un lugar demasiado pequeño para estar echado y sólo entraba aire a través de una rendija de la puerta.

Se llamó a los esclavos que estaban en los campos. La señora y el señor Van Prok miraban desde el patio. Dondo y yo desde la casa, por una de las ventanas cubiertas de espinos.

El gobernador Gardelin hizo un discurso sobre los fugitivos. Que era un crimen dejar a tu amo que ha pagado buen dinero por ti, que te alimenta, te da cobijo y te protege.

Levantó la voz, para que nadie perdiera una sola palabra, y dijo:

—Este hombre, que se escapó de la plantación de Erik Van Slyke, se había ido hace más de tres días, más de cinco días, más de siete días. Se había ido hace ocho días. Por lo tanto será castigado según el artículo cinco de las nuevas leyes. Recibirá ciento cincuenta azotes que le dará Nerón, vuestro respetado bomba.

Los esclavos no dejaron escapar ni un suspiro. Tampoco se oyó nada desde el agujero negro.

Dondo dijo:

—Yo conozco a ese chico. Los blancos le llaman Leandro. No sé cuál es su nombre. ¿Te acuerdas de una vez que me enviaron a la plantación de Van Slyke?

—No me acuerdo.

—Bueno, el señor Van Prok me mandó allí para traer a una niña que había comprado. La madre no quería que la niña se fuera. Cuando Leandro y yo llegamos a la cabaña, ella la prendió fuego. Yo me quedé allí sin poder moverme, como si estuviera atado con cadenas. Leandro me empujó hasta el camino. Él se metió entres las llamas y salvó a la madre, pero no a la niña. Lo recuerdo muy bien.

Los tambores habían empezado a sonar y seguían hablando y hablando. Todavía no hablaban del chico que el gobernador Gardelín había capturado e iba a castigar.

—Ciento cincuenta azotes —me dijo Dondo—, le arrancarán la carne de los huesos. Si el chico vive, será un tullido.

El gobernador Gardelin dijo:

—Volveré mañana para ver que mis órdenes han sido cumplidas con diligencia.

Antes de que el gobernador volviera al barco, Isaac Gronnewold habló con él. Yo estaba demasiado lejos para oír lo que estaban diciendo, pero vi que el gobernador se encogía de hombros y se daba la vuelta.

—El chico no será castigado —dijo Dondo en voz baja.

—Ten cuidado —le advertí—. Los soldados acampan cerca. Y el bomba estará merodeando.

—El chico no será castigado —repitió Dondo.

Los Van Prok volvieron y no dijo más.

Yo llevé a la señora un vaso de Mata-Diablos. Empezó a beberlo y dijo a su marido:

—Es tan joven. Es una vergüenza castigarlo tanto. Podrías comprárselo a Van Slyke y hablar al gobernador Gardelin. Quizás el gobernador se ablande si le dices que deseas utilizar al chico aquí, en Nido de Halcones.

—Aunque el propietario desee venderlo, no tengo dinero —dijo el señor Van Prok—. Y el gobernador no es hombre que se ablande.

Dondo me miró e hizo una señal que significaba que el chico estaba a salvo. No sería castigado. Con otra señal, le advertí que tuviese cuidado.

La señora bebió dos vasos más de Mata-Diablos antes de que yo la acostara. Estaba contenta de irse a Santo Tomás. El gobernador le había dicho que se iría al día siguiente, después de que el chico fuera castigado.

Era medianoche cuando yo la dejé y salí. Una luna entre nubes de lentos movimientos iluminaba las sombras por doquier. Los tambores habían contado lo sucedido en Nido de Halcones.

Los soldados estaban jugando a las cartas, gritando y riendo, cuando Dondo salió de la casa.

Pasó a mi lado sin una palabra. Caminó deprisa hasta el agujero negro y levantó la barra de hierro que atrancaba la puerta. Sacó al chico del agujero, señaló al Norte y dijo:

—¡Corre!

El chico pasó corriendo junto a mí. Creo que estaba aturdido.

—Corre —dije—, corre por la orilla hasta el campo de fugitivos. Está... —Se había ido antes de que yo terminara.

Dondo había desaparecido. Oí a Nerón a lo lejos, subiendo el camino en su ronda de medianoche. Fui al almacén y llené una calabaza con mascabado. El azúcar moreno me haría resistir varios días.

Subí deprisa el camino y me escondí junto al cactus y el

gran árbol y esperé a que Nerón pasara en su camino de regreso.

Se lo tomó con calma. Yo necesitaba partir para Cayo Silbador antes de que el tutú llamara a los esclavos al trabajo. Empecé a preocuparme. ¿Habría visto al chico? ¿O a Dondo? ¿Estaba siguiéndoles? Yo tenía que irme antes del amanecer. A la luz del día sería peligroso.

Escuché a la espera de los ruidos que siempre hacía Nerón cuando pasaba arrastrando los pies. Un viento seco soplaba desde las colinas, haciendo crujir las hojas de la mimosa. Se oían suaves sonidos que provenían del mar, sonidos furtivos de todas clases, pero no las pisadas del bomba.

De pronto, en el camino entre las cabañas y yo, se oyó un disparo, siguió un segundo disparo y un grito ahogado. Una antorcha llameaba entre los árboles.

Yo dejé caer el mascabado y eché a correr. En una curva del camino tropecé con el bomba. Sujetaba una antorcha en una mano y en la otra un mosquete. Frente a él, en el suelo, yacía una figura retorcida por el dolor.

El chico había escapado. Un disparo de mosquete había dado a Dondo debajo de la rodilla. Había penetrado en la carne, pero no en el hueso. Aun así, le había hecho caer.

El bomba se pavoneaba a su alrededor, profiriendo amenazas. Acercó la antorcha a la cara de Dondo.

—Pagarás por esto, tú, sinvergüenza —gritaba.

Los hombres vinieron y llevaron a Dondo a su cabaña. Le vendamos la herida y yo traje de la casa algo de malagueta. Cuando estaba dándole la medicina toqué un pequeño paquete que había escondido entre su pelo. Era la pólvora, la última que él había planeado robar.

Se quedó dormido. El bomba y el señor Van Prok estaban cerca. Yo metí rápidamente el paquete en mi propio pelo y lo escondí bajo mi estera con la red de pescado. Después volví a la cabaña de Dondo y me quedé con él el resto de la noche.

17

El gobernador Gardelin supo las noticias inmediatamente después de amanecer. A mediodía estaba a la puerta del señor Van Prok. Yo esperaba verle furioso, pero estaba calmado y sonriente, como si hubiese venido a hacer una visita de cumplido.

Los dos hombres se sentaron en el porche mirando al mar azul. Bebieron dos jarras de cerveza, fumaron sus largas pipas y hablaron. El gobernador preguntó por Dondo.

—Es un joven robusto y la herida no es seria —dijo el señor Van Prok—, debería estar en pie mañana o pasado mañana.

—¿Quiere usted decir andando? —preguntó asimismo el gobernador.

—Cojeando —dijo el amo.

—Cojeando o no, yo volveré para verle —dijo el gobernador.

Una mirada maligna ensombrecía su cara. Una vez más, envió a buscar al capitán de su pequeño ejército y le dijo que visitara a todos los plantadores cercanos, como lo había hecho el primer día, para que ellos y tres de sus esclavos estuvieran cerca a mediodía del día siguiente.

Él y el señor Van Prok bebieron otra jarra de cerveza y hablaron de las nubes que se estaban acumulando al Oeste. Después, con una sonrisa de felicidad, se levantó para regresar a su barco.

Volvió por la mañana con una larga hilera de marineros que cantaban mientras subían el camino desde la playa. Llevaban cestas de comida, tanta comida como el primer día. Al final de la hilera llevaban un curioso trasto de madera, con ruedas. Nunca en mi vida había visto nada parecido. Resultó ser un potro, una cosa que sirve para destrozar a la gente.

Los esclavos del campo no fueron a trabajar ese día. Después de darles un puñado de pescado seco, el bomba les llevó a ellos y a sus hijos a la torre y tuvieron que quedarse allí, con la espalda apoyada en la pared de piedra hasta la puesta de sol.

Nosotros estuvimos en silencio toda la noche. Habíamos dormido a rachas. El miedo estaba en el aire, en el viento que soplaba desde las colinas, en la pobre tierra, que estaba triste y cargada bajo nuestro peso. Nadie sabía o podía suponer lo que haría el gobernador durante el día siguiente. Pero estábamos seguros de que sería malo.

Dos de las muchachas más jóvenes se echaron en el suelo a mi lado. Yo las cogí de las manos y les hablé del tiempo en que caería la lluvia y brotarían las flores.

Los soldados estaban alineados a ambos lados de los esclavos. Los propietarios de diez plantaciones se sentaban en bancos, frente a la torre. Sus bombas estaban en cuclillas detrás de ellos y sus esclavos junto a los nuestros. Desde la ventana protegida por ramos de piña de ratón, ama Jenna miraba a su marido y al gobernador Gardelin.

Ellos dos estaban a la puerta del negro agujero donde Dondo estaba encerrado y observaban a un hombre que enredaba con las correas y ruedas del potro. Yo no le había visto antes. Tenía una rala barba gris y el pelo cubierto de una maraña de pelo gris. Tenía pelo gris rizado en el dorso de las manos, y era medio blanco.

El gobernador Gardelin le habló:

—¿Cuándo estará dispuesto, mi fiel verdugo?

—Estoy dispuesto ahora —dijo el hombre—, lo he estado hace mucho tiempo.

—Está bien —dijo el gobernador.

Abrieron la puerta y arrastraron a Dondo fuera del agujero. Le costó un rato levantarse.

—¿Sabes por qué vas a ser castigado? —preguntó el gobernador Gardelin.

Dondo irguió sus hombros, respiró profundamente y se mantuvo en silencio.

—Contéstame —dijo con calma el gobernador—, o será doblemente duro para ti.

Pero Dondo siguió en silencio.

—Mírame con respeto y contesta —dijo el gobernador Gardelin.

Dondo miró por encima de él, al mar y a las nubes oscuras, y no dijo nada. Estaba de pie, con la pierna herida doblada. Le dolía, pero intentaba disimularlo.

—Muy bien —dijo el gobernador—, puesto que has elegido permanecer en silencio, bien por estupidez, bien por arrogancia, yo diré a los presentes la razón por la que vas a ser castigado. Has ayudado a un felón a escapar. Tú mismo has intentado escapar. Esos son insultos a Dios y a mí mismo, Felipe Gardelin, gobernador de Santo Tomás y San Juan, en nombre de la Compañía Danesa de las Indias Occidentales y Guinea.

Miró al fuego que ardía junto a la pared, donde se estaban calentando unas tenazas de mango largo. Hizo una señal y los esclavos ataron a Dondo de pies y manos al tronco de un árbol que crecía junto a la puerta de la torre. Luego hizo una señal al verdugo. El hombre sacó las tenazas del fuego, escupió encima de ellas, creo que para probar el calor, y luego volvió a ponerlas al fuego para calentarlas algo más.

Isaac Gronnewold había entrado en el patio mientras hablaba el gobernador. Se quedó sentado y escuchó hasta que terminó de hablar. Entonces se bajó de su burro y se dirigió al gobernador. Estaba cubierto con el polvo blanco del camino.

Enfadado por lo que había oído, se quedó de espaldas a las tenazas que se calentaban al fuego.

—¿Cómo sabe usted que Abraham ayudó al muchacho a escapar? —dijo—. ¿Cómo sabe si Abraham intentó escapar?

El gobernador estaba sorprendido de que alguien se atreviera a criticarle. Su peluca blanca se había inclinado a un lado. Se la colocó con cuidado en la cabeza y no contestó.

—Tendría que haber un juicio, un juicio regular —dijo Isaac Gronnewold—. Un hombre no puede ser castigado porque alguien decide que ha cometido un crimen.

—¿Alguien? —preguntó el gobernador—. No es sólo alguien quien lo ha decidido. Es el Gobernador de Santo Tomás y San Juan, representante de la Compañía Danesa de las Indias Occidentales y Guinea quien lo ha decidido.

El pastor Gronnewold se volvió hacia los propietarios de plantaciones sentados en el banco.

—¿Qué decís vosotros? —gritó—. ¿Debería juzgarse a Abraham?

—No —gritó Erik Van Slyke.

—No —gritó el señor Van Prok.

Sonó un "no" a coro. Los bombas se unieron a sus amos. Nuestros esclavos, apiñados junto a la pared de piedra, estaban en silencio. El gobernador dijo:

—Ya ve que estaba usted equivocado. Los que luchan por salvar sus campos y molinos, que viven día y noche en constante temor, dicen "no".

Isaac Gronnewold miró a los plantadores y a los bombas, después al gobernador, y dijo:

—Viven en el temor porque sus esclavos viven en el temor.

Cuadró sus hombros huesudos y miró fijamente al gobernador Gardelin. Después a los propietarios de plantaciones y a sus bombas.

—El Señor ha dicho: "porque *lo* que hagais al más pequeño de mis hermanos, me *lo* hacéis a mí".

El gobernador hizo un gesto despectivo.

—Y el Señor le castigará —dijo el pastor Gronnewold.

El gobernador le miró fríamente.

—Y usted será castigado con el hierro si no corta su charla.

Se volvió al verdugo:

—Tiene mucho que hacer, así que póngase a ello —dijo.

El hombre cogió las tenazas del fuego. Estaban al rojo vivo. No necesitó escupir en ellas. Empezó con los descalzos pies de Dondo. Se oyó un débil chasquido y se levantaron espirales de humo. Las piernas de Dondo se tensaron contra las cuerdas que le ataban, pero no abrió los ojos ni gritó.

El verdugo se preparó para agarrar sus tobillos entre las tenazas. Con un grito de "¡Basta!", Isaac Gronnewold se lanzó hacia adelante y le sujetó los brazos. El hombre le empujó a un lado y después le tiró al suelo de un solo golpe. Los soldados le levantaron y le llevaron a la casa, donde la señora abrió la puerta y les dejó entrar.

De una ojeada, el verdugo midió el tamaño del pecho de Dondo. Abrió las tenazas para encajar la medida que había calculado. Con un gruñido las apretó de nuevo, una rama a cada lado del pecho desnudo de Dondo. Luego las abrió, volvió a ponerlas al fuego y se quedó quieto con los brazos cruzados.

Ahora, el viento traía el olor de carne quemada. Desde la fila de los plantadores llegaba el rumor de una excitada charla. Sus bombas se reían. El bomba Nerón palmoteaba. El gobernador y el señor Van Prok cambiaban sonrisas. Ama Jenna se retiró de la ventana. Nuestros esclavos se volvieron de espaldas, con la lengua acartonada en la boca, acartonada como la mía.

El gobernador Gardelin se dirigió a su verdugo, que todavía estaba cruzado de brazos:

—Puesto que sólo hemos empezado, vamos a continuar.

El hombre sacó el látigo y lo chasqueó un par de veces, la primera en una gaviota que pasaba volando.

—No —dijo el gobernador—. El potro antes que el látigo, nos conviene más.

El hombre miró al potro, dio vuelta a una de sus ruedas y dijo:

—Cuando quiera, gobernador, yo estoy listo.

—Adelante —dijo el gobernador.

Los soldados desataron a Dondo. Para sorpresa del gobernador, pero no mía, Dondo se quejó una vez y se desmayó sobre las cuerdas que le sujetaban.

—Despertadle —dijo el gobernador.

El verdugo cogió un cubo de agua de mar y lo lanzó sobre el cuerpo de Dondo. La sal y el agua no hicieron nada. El gobernador pidió un segundo cubo.

Los ojos de Dondo estaban cerrados desde el principio. Yo creo que sus oídos también. Él no había oído la charla, ni las risas, ni los chasquidos del fuego. Solamente había oído el gran tambor de Mary Point. Ya no estaría más con nosotros. Había regresado a las verdes colinas de África.

18

Ama Jenna estaba intentando que Isaac Gronnewold tragara su medicina cuando entré en la casa para decirle que Dondo había muerto. Estaban en el porche, donde llegaba algo de viento del mar que le ayudaría a respirar. Tenía la cara pálida e hinchada y echaba fuego por los ojos.

Se levantó al oír la noticia de la muerte de Dondo y salió tambaleándose.

Yo empecé a seguirle, pero la señora me llamó.

—¿Tienes preparadas tus cosas? —dijo—, el gobernador se va esta tarde.

—Sí —dije, y decía la verdad. En mi cabaña, bajo la estera, tenía la pólvora que había robado Dondo y la red para pescar. Necesitaba un saquillo de mascabado, un machete no demasiado grande y yesca, sobre todo yesca para hacer fuego. Había otras cosas que podría necesitar, una sartén para cocinar y sal, pero no había manera de hacerme con ellas.

—No te quedes a oír discutir al gobernador Gardelin y al pastor —dijo—. Recoge tus cosas y vuelve. No tardes.

Y los dos hombres estaban discutiendo. Estaban cara a cara junto al molino de azúcar, el gobernador tieso como un palo y el pastor Gronnewold agitando en el aire sus brazos huesudos. El señor Van Prok estaba escuchándole cómo funcionaban las correas y ruedas del potro que destrozaba a la gente.

Pasé junto a ellos sin ser vista. El molino estaba desierto. Desde agosto no había fabricado azúcar y estábamos en noviembre. Había cuatro piezas de yesca, una para cada una de las grandes ollas. Cogí la más pequeña, la escondí en mi pelo y salí.

Nerón y el verdugo estaban hablando todavía. Fui a la cueva donde los soldados habían dejado a Dondo y le dije adiós. Después volví a pasar delante de los dos hombres. Cuando estuve fuera de su vista, eché a correr.

Nuestros esclavos habían vuelto a los campos. Cogí un machete en una de las cabañas; tenía el mango roto y el borde romo, pero fue el único cuchillo que pude encontrar. Cogí el collar y las cosas que tenía escondidas, las envolví en un saco de piel de cabra en mi estera de dormir, coloqué la estera en mi cabeza y me dirigí a Cayo Silbador.

Había dos caminos, uno el que usaban los blancos y otro el camino secreto que usaba Konje. Yo sabía dónde empezaba el camino secreto, pero torcía de acá para allá y se doblaba sobre sí mismo, por lo que él me había contado. Podría perderme sin remedio.

Tomé el camino que usaban los blancos y fui deprisa, parando solamente al oír las pisadas de burro en el camino pedregoso. En Bahía Canela oí voces. Eran tres esclavos que acarreaban barriles de agua de mar desde la orilla. Me escondí en los matorrales hasta que se fueron.

En Bahía Maho encontré a dos niños blancos jugando con un perro. Se quedaron mirándome y uno de ellos me preguntó de quién era esclava. No le contesté. El otro chico dijo que parecía una fugitiva. Después los dos se fueron corriendo hacia una casa rodeada de árboles situada en una colina.

Yo empecé a andar más deprisa y no me paré hasta llegar a Bahía Francis. Allí dejé el camino y seguí por la orilla hasta un lugar cercano a Cayo Silbador, donde el mar es poco profundo. Vadeé con el agua hasta los hombros y después tuve que nadar un poco. No me preocupé de la pólvora y del azúcar. Iban envueltos muy adentro en el saco de piel de cabra.

El agua estaba tan clara como el aire. Podía ver el fondo y cientos de pececillos brillantes. Junto a mí nadaba un banco de pastinacas; eran al menos veinte, con sus ojos verde-gris que se clavaban en las pequeñas presas. Iban a mi lado como guías, como si supieran dónde iba yo.

No había playa donde me paré. Tuve que trepar un escollo de coral tras otro hasta encontrar un lugar llano. Desde allí podía ver el acantilado de Mary Point levantándose en vertical desde la orilla.

Encima del acantilado, que era de color sangre fresca, había un bosquecillo de palmeras. En medio de ellas había cabañas cubiertas con hojas de palma y gente moviéndose entre los árboles.

Ése era el campo de los fugitivos que Konje dirigía. Imaginé que le veía. Y al anochecer, cuando ardía un gran fuego y la gente empezó a cantar, imaginé que oía su sonora voz por encima de todas las otras voces, más y más arriba hasta las estrellas.

19

La noche llegó deprisa. Más arriba había otro escollo de coral. Entre él y el lugar donde yo estaba había un pequeño valle. Se podría lanzar una piedra de un lugar a otro. Crecían árboles que me cobijarían del aire caliente que había empezado a soplar desde el interior.

Caminé en la oscuridad para abrirme camino entre los cactus y llegar a los árboles, donde extendí mi estera en el suelo.

El gran tambor de Mary Point había empezado a hablar, pero el rumor de las hojas y los chillidos que salían de las cuevas ahogaban las palabras.

El viento cesó durante la noche. El sol se levantó en un cielo sin nubes. Me quedé asombrada al descubrir que me rodeaban árboles frutales. Hacía mucho tiempo, cuando cayeron las grandes lluvias, el agua había empapado los prados y había preparado un suelo donde las semillas llevadas por los pájaros podían crecer.

Me puse en pie de un salto y eché una mirada a mi pequeño reino. Conté dos cocoteros con racimos de cocos colgando, un platanero con racimo de plátanos verdes del tamaño de dedos, y un árbol del pan con seis frutos arrugados. Había bastante fruta para aguantar un mes.

Al otro lado del valle, en una parte donde el coral estaba liso, encontré escritura africana, símbolos de la tribu de Amina. Mi idea acerca de los árboles frutales plantados por la propia naturaleza podía ser equivocada. Esclavos fugitivos podían haber vivido aquí hace años y haberlos plantado.

El agua sí que me preocupaba. Podía buscar madera para hacer fuego y hervir agua del mar, pero no tenía nada para recoger el vapor y dejarlo formar agua que yo pudiera beber.

No tenía que haberme preocupado. Por todas partes crecían cactus de órgano y de cabeza de turco, que cubrían las pendientes que rodeaban la pradera. Después de sacar las espinas o quemarlas y partir en dos mitades el cactus, había agua escondida en la pulpa. Se podía masticar y el agua rezumaba. No sabía bien, pero apagaba la sed.

Konje me había dicho una y otra vez que yo no podía ir a Mary Point, porque ellos carecían de alimentos. Si yo vivía de fruta y cactus y secaba el pescado que cogiera y lo guardaba, podría ir a Mary Point. Tendría bastante comida para mí y para alguno más. No sería una carga en el campamento.

Esa mañana puse la red en una charca donde las olas entraban y salían. Antes de mediodía había atrapado más de cien peces pequeños. Eran del tamaño de un dedo y manteniéndolos a la luz podía verse a través de ellos. Para una comida se necesitaban al menos tres docenas, pero eran tan buenos como todo lo que procede del mar.

Extendí el pescado en un repecho para secarlo y lo cubrí con tiras de cactus para preservarlos de las gaviotas, como hacíamos en Nido de Halcones.

Después volví a poner la trampa, esta vez en un sitio diferente, a la entrada de la cueva.

Entré en la cueva, pensando que si alguien venía a buscarme, sería un buen lugar para esconderme.

La abertura era estrecha en un tramo corto, después se

abría y formaba un espacio amplio, redondeado, con paredes rectas. El techo era también redondo y lo bastante alto para poder andar por debajo. En el centro del techo, un agujero dentado dejaba entrar un poco de sol, de modo que la habitación estaba veteada de sombras cambiantes.

Se oían vagos sonidos, como si alguien suspirara. Era el aire que entraba por el agujero, encima de mi cabeza. Cuando el viento soplaba con fuerza, los suspiros podían convertirse en los ensordecedores chillidos que había oído antes.

Más allá de esta estancia, un pasillo conducía quizás a otras. El sol fue bajando mientras yo estaba allí. No tenía que quedarme más tiempo, pero era un buen sitio para esconderme, si alguien venía.

Cuando regresé a la pradera los tambores estaban hablando. El gran tambor en Mary Point, un tambor en Maho y uno en Bahía Canela.

El gran tambor todavía hablaba de la muerte de Dondo. Pero también decía algo nuevo. Con seis golpes rápidos y tres pausas, y otros seis golpes rápidos, usando el nombre por el que yo era conocida, decía que yo me había escapado de Nido de Halcones y había llegado a Mary Point.

El gran tambor mentía para animar a otros esclavos a huir, sin embargo Konje sabía que yo había huido, que estaba escondida en algún lugar cerca de Mary Point. Mi corazón latió más deprisa.

Comí la mitad de un fruto del pan para cenar y pensé en comer un poco de pescado. Al anochecer la red estaba hinchada, con el doble de peces de los que había cogido antes. El sol ya no entraba por el agujero del techo, pero yo encendí fuego allí por miedo a ser vista si lo encendía en la pradera, y comí seis de los peces que había pensado guardar.

Puse la red de nuevo en el mismo sitio y llevé el pescado a la pradera para secarlo al sol. El pescado que había dejado el día antes había desaparecido. Las gaviotas no lo habían cogido, pero encontré huellas de un animal, un extraño animal, porque había marcas de garras en el polvo y marcas que sólo podían ser hechas por algo con una larga cola.

La pérdida me preocupó. Me llevó dos días construir una plataforma en uno de los árboles, tan alejada del suelo como yo podía alcanzar.

El lagarto gigante con la cola tan larga como mi brazo que había cogido el pescado, que se sentaba a observarme durante el día, no podría trepar al árbol. Las gaviotas se llevaban algo del montón, pero aun así crecía en más de cien peces cada día, pescados en la boca de la Cueva de los Suspiros.

No llevaba cuenta de los días. Pero por el número de peces que había guardado y las noticias del gran tambor, me parecía que habría pasado un mes y estaríamos a principios de diciembre.

El tambor urgía a los esclavos a huir de las plantaciones. Hablaba del día en que se rebelarían y matarían a sus amos. El día aún no había sido elegido, pero llegaría. Estaba cerca, decía el tambor.

Por la mañana envolví la pólvora y metí los peces entre hojas dentro de la red con que los había pescado, y después en la estera de dormir. Había miles de peces, pero no eran pesados. Un pez seco es tan ligero como una pluma.

Cuando terminé, había salido el sol. Si me iba, podía ser vista desde cualquiera de las plantaciones en Bahía Francis. Esperé hasta la mañana siguiente y, al amanecer, cuando los primeros fuegos se encendían sobre el acantilado de Mary Point, bajé a la playa.

Dejé la playa antes de llegar a la plantación donde había encontrado a los dos niños. Volví a ver a uno de ellos, pero no hablamos. Después de andar un poco, alcancé a una mujer vieja que llevaba un montón de leña en la cabeza. Me hubiera escondido, pero ella me vio primero.

Me saludó con aire de sospecha.

—¿A dónde vas? —preguntó.

—Hace tanto calor que me he olvidado a dónde voy

—dije con precaución. Estábamos cerca del bosquecillo de terebintos de los que Konje me había hablado y que señalaban el camino a Mary Point.

—Pareces asustada —dijo la mujer—. Tú vas a reunirte con los fugitivos.

Yo no dije nada.

—Escucha, niña. Fíate de mis palabras. No te acerques a ese lugar. Se están muriendo de hambre. Comen ratas y cosas así. Pronto tendrán que comerse unos a otros. Cuando vengan los soldados, y van a venir pronto según he oído, te encontrarán y te traerán otra vez a la plantación. Tú ya sabes lo que sucede en la plantación.

Pasó rápidamente un dedo por su cuello y se fue. No me pude mover hasta un rato después de haberla perdido de vista.

20

Al salir de los terebintos, entré en una jungla de cactus más altos que mi cabeza. El suelo estaba sembrado de espinas. Oí débiles voces y alguien que cortaba maleza. No estaba lejos del campamento de los fugitivos, pero no había ni señales de un camino.

Acomodé la carga encima de mi cabeza, me estiré el vestido, y di unos cuantos pasos. Eran pasos precavidos, porque las espinas de cactus se me clavaban en los pies y no me dejaban andar. No había un camino por donde pudiera ir, salvo que volviera por donde había empezado.

Debajo de un terebinto puse la carga en el suelo y me saqué las espinas. Una gota de sangre las acompañaba. Me limpié la sangre y, al hacerlo, oí más abajo de donde estaba el ruido de pezuñas en un camino de piedras. Me eché rápidamente entre los matorrales.

A través de los arbustos pude ver dos burros con sus jinetes. Subían por el camino y con ellos iba el niño que yo había encontrado antes. Llegaron a los árboles y se pararon. Los burros estaban sudando.

Uno de los hombres desmontó. Era blanco, tenía en una

mano una pistola y una peluca en la otra, y estaba tan sudoroso como su burro.

—¿Qué te parece? —preguntó al otro hombre, que era negro.

—Yo creo que se ha escapado —dijo el hombre.

—Tenía las piernas largas, más largas que las tuyas, padre —dijo el chico—. Corría muy rápida, más rápida que tú. Se había ido antes de lo que tu tardas en decirlo.

Buscaron huellas de pasos. El chico corría arriba y abajo. El hombre blanco se secó la cabeza y se puso la peluca.

—Puede haber subido el camino de Annaberg —dijo.

—No —dijo el hombre negro—, no subió el camino. Aquí están sus pasos. Justo aquí.

Todos ellos miraron las huellas confusas de pasos, algunas de ellas del chico. Durante un rato se quedaron mirando el bosque de espinos.

Cuando se fueron, caminé hacia los sonidos que hacían los que cortaban leña. Avancé de lado, después en un amplio círculo.

Me perdí y encontré un camino y después, repentinamente, salí de la jungla y me encontré en el campamento de los fugitivos.

Unos niños corrieron hacia mí gritando. Bajo la piel negra se les veía pálidos y sus huesos sobresalían. Seguros de que yo llevaba comida, me habrían hecho caer si el hombre que cortaba leña no les hubiera asustado con el hacha.

Al oír las amenazas y gritos, Konje cruzó corriendo el claro. Me levantó en sus brazos y volvió a dejarme en el suelo.

—¿Qué has traído? —dijo.

—Comida y algo de pólvora.

Cogió el envoltorio.

—Pescado. Lo cogí en Cayo Silbador. Cogí mucho. Bastante para mantenerme largo tiempo.

—¿Largo tiempo?

Abrió el envoltorio de golpe y extendió el pescado encima de mi estera.

—El tiempo ha pasado para nosotros —dijo.

Estaba ahora rodeado por los fugitivos, sus mujeres y sus hijos. Les dijo que se callasen y dio a cada uno un puñado de pescado.

—No lo comáis hoy —dijo—, comedlo mañana. Así, esta noche tendréis comida y podréis soñar con ella.

La gente se quejaba y parecían tristes, pero ninguno comió el pescado ese día.

Admiré la forma en que Konje les mandaba. Había más de ciento cincuenta fugitivos viviendo en el campamento. Uno de ellos era un príncipe del Golfo de Guinea. Sin embargo, la palabra de Konje era ley.

Supe que él había mantenido unido al campamento desde el principio, cuando no había nada más que pulpa de cactus para comer y beber. Cuando el príncipe amenazó con marcharse y llevar a los fugitivos a un escondite distinto, Konje había escuchado sus quejas y les había conducido fuera de Mary Point.

Mi amiga Lenta estaba allí en el campamento. Había huido pronto de la plantación propiedad de dos hermanos. Los dos la habían forzado y ella se había escapado con su hijo cuando los tambores empezaron a sonar en Mary Point.

Ella era buena cocinera, como ya he dicho. En Barato, Konje venía a menudo a nuestra casa para probar su comida. Antes de terminar el día me envió a trabajar con ella.

Todos tenían un trabajo que hacer. Algunas de las mujeres recogían madera. Otras conservaban despejadas las entradas de las cabañas y los senderos entre ellas, manteniendo limpio el camino hasta las rocas del saliente acantilado.

Otras podaban los grandes cactus, dos veces más altos que un hombre alto, y lo cortaban en pedazos. Era lo que nos daba agua para el campamento. Los hombres bajaban de noche a Bahía Maho y tendían redes para pescar. Era la única comida que teníamos la mayor parte del tiempo.

De los hombres, más de cien tendían mosquetes. Esa noche, antes de cenar, a la luz de las antorchas de trementina, se entrenaron en la pared de cactus, el único lugar que los plantadores y la Guardia podrían atravesar por la fuerza para entrar en el campamento. No dispararon los mosquetes, porque la pólvora era escasa, pero Konje pasó revista a las filas y vio que actuaban como guerreros y no como hombres que están pasándolo bien.

Envió a los jóvenes al acantilado a buscar huevos de pájaros y cazar algún pájaro, quizá. Esa noche, para cenar, Lenta llenó dos grandes marmitas de harina llena de gorgojos. Echó por encima puñados de calalú, una vid que crece por todas las partes y tiene un buen sabor. Todos dijeron que era lo mejor que habían comido en muchos días.

Mientras estábamos comiendo, el tambor habló desde el Este. Quería saber si Mary Point estaba dispuesta para el ataque. En Duurloo se habían reunido treinta guardias.

Konje se dirigió al gran tambor, que estaba frente a la cocina —un tronco hueco cubierto con una piel de cabra bien tensada—. Contestó que al menos estaba dispuesto a llevar pólvora durante la noche al bosquecillo de terebintos.

Después sacaron pequeños tambores. Cantamos canciones de África, pero no bailamos. Bajo las canciones sentíamos temor y tristeza.

21

Los tambores estaban hablando. Hablaban en todas direcciones, de una colina a otra. Desde la Cueva de los Huracanes al Este, a Cabeza de Ram, y a lo largo de la costa hasta Bahía Cruz Grande y Pequeña Canela, para terminar en Fuerte Duurloo.

—Con tanto hablar es difícil distinguir unas palabras de otras —dijo Konje—. Está claro que los esclavos se han rebelado en algunas plantaciones, pero ¿dónde?

A media mañana llegaron más noticias. Una figura solitaria entró tambaleándose en el campamento, balanceando un garrote de jabí. Llegó a la cabaña de la cocina, se desplomó en el polvo y no se movió hasta mucho más tarde. Era Nerón, el bomba de los Van Prok.

Tenía en el bolsillo un frasco de ron. Con él, Konje le obligó a hablar. Golpeó el suelo con su garrote, abrió la boca, hizo ruidos. Por fin, después de haber acabado con el ron, haciendo largas pausas, le contó a Konje más cosas sobre la rebelión.

Los esclavos fugitivos se movían hacia el Oeste desde Cabeza de Ram, siguiendo la costa hacia nosotros, saqueando y asesinando a su paso. En Duurloo, los ochenta y siete esclavos estaban luchando entre ellos. El dueño, Duurloo, se había ido con su familia a los Cayos Duurloo.

Nerón dijo que el gobernador Gardelin había publicado una orden ofreciendo cincuenta táleros por cada fugitivo traído al Fuerte Duurloo, muerto o vivo, lo que significaba que docenas de esclavos leales estarían buscando a los fugitivos y matándolos si fuese necesario.

Nerón había dejado a los Van Prok al amanecer. Por lo tanto, las noticias que traía eran frescas. Konje pensaba que también eran ciertas, porque Nerón parecía haber trasladado a los fugitivos su fidelidad a los blancos.

—Podemos controlar a los fugitivos si vienen por este camino —dijo Konje—. Pero a quienes debemos vigilar es a los que quieren cobrar los cincuenta táleros. Es difícil saber si un esclavo es leal a su amo o no.

Yo miré al bomba, sentado junto al fuego con su garrote de jabí sobre las rodillas. Era posible que todavía fuese leal al señor Van Prok. Konje lo pensaba también y no le perdió de vista hasta que nos fuimos a dormir.

Al día siguiente por la mañana temprano llegó al campamento el pastor Gronnewold. Había tenido que dejar a su burro en los terebintos. Traía detrás dos cabras que había encontrado por el camino. No estaban gordas ni flacas y se habían llenado de espinas.

Isaac Gronnewold las ató y le dijo a Konje:

—Salí de Duurloo esta mañana al amanecer. La Guardia está preparada para atacar Mary Point. Pero no hoy. No hasta que tengan más pólvora para su cañón. La traerán de Cruz Pequeña y no llegará hasta mañana.

—Pero irán a buscarla esta noche —dijo Nerón.

Konje había acabado por fiarse de él. Su espalda estaba cubierta de quemaduras hinchadas y rojas. Van Prok, por alguna razón que Nerón nunca nos dijo, le había castigado con las tenazas al rojo vivo.

Konje tuvo en cuenta el aviso de Nerón y envió a un hombre a los terebintos. Si oía o veía venir a los guardias por el camino de Duurloo, el centinela tenía que lanzar un graznido como el de un loro.

Por la tarde, mientras las cabras se asaban en un hoyo y la mayor parte del campamento las miraba aspirando el delicioso olor, oímos el grito de un loro. Los guardias habían sido vistos. Después oímos diez gritos cortos y dos largos.

Konje dobló el número de gritos y dijo:

—Hay veinte guardias en el camino, y traen los cañones.

Ordenó a las mujeres entrar en las cabañas. Lenta se quedó junto al hoyo, detrás de las piedras donde las cabras se estaban asando, y yo me quedé de pie junto a ella. Las dos teníamos cuchillos.

Los hombres corrieron a buscar los mosquetes. Konje les dividió en dos grupos y les hizo colocarse a uno y otro extremo de la pared de cactus. Detrás de él había hombres que llevaban cuchillos largos, de los que se utilizaban para cortar caña de azúcar.

Esperamos. Ya casi había oscurecido cuando rugió el primer cañón.

—Gardelin les ha mandado buena pólvora —dijo Konje.

Una bala de cañón estalló contra la pared de cactus, lanzándolos por el aire hechos tiras. Un nuevo disparo ensanchó la brecha y pasó más allá de nuestras cabañas hasta cerca del acantilado.

El paso que el cañón había abierto era ancho y cubierto de espinas. A lo lejos apareció un guardia, que se acercaba a nosotros lentamente. Un mosquete le hizo caer. Otros guardias le arrastraron y desaparecieron.

Dispararon diez veces más con el cañón sin hacer más daño. Ningún guardia más asomó al camino, pero gritaban y nos decían que volverían cuando tuviesen más pólvora. Nosotros no contestamos, sino que celebramos nuestra primera victoria.

22

Mientras el sol se ponía disfrutamos del buen sabor de la carne asada. Todos cantaron y bailaron al son de los tambores. Konje y yo bailamos juntos. Para mí era como bailar con el viento norte cuando soplaba desde la jungla cruzando Barato. Me faltaba la respiración.

Cuando cesó la danza, Konje fue a controlar al centinela. Pensaba que los guardias podían volver en la oscuridad. Mientras él no estaba, yo me atreví a preguntar al pastor Gronnewold si quería casarnos. No importaba lo que sucediese, estaríamos juntos.

Cuando Konje volvió, el ministro Gronnewold nos cogió del brazo. Nos dijo que juntáramos las manos y abrió su Biblia. Pero la mirada de Konje se oscureció lentamente y se apartó.

—¿Qué ocurre? —le preguntó Isaac Gronnewold.

Konje no contestó. Parecía que no podía encontrar las palabras para lo que quería decir.

—En Barato un hombre no puede casarse hasta que cumple treinta años. Konje sólo tiene veintiocho —expliqué yo.

El pastor Gronnewold se echó a reír.

—Escucha, muchacho, no estás ya en África y probablemente no volverás nunca. Acércate y dame la mano.

Konje estaba todavía callado. Un grupo de mujeres que se habían reunido a nuestro alrededor empezaron a burlarse de él.

—Parece que tiene cuarenta años —dijo una.

—O cincuenta —dijo otra.

Yo fui a sentarme junto al fuego. No lloraba, pero estaba enfadada. Me di la vuelta para que Konje no pudiese verme la cara. De repente me levantó en el aire y me hizo girar y girar. El viento norte soplaba otra vez desde la jungla.

Isaac Gronnewold sonrió y nos dijo que juntáramos las manos. Leyó algunas palabras, Konje dijo algo y yo dije "Sí".

—Ahora sois marido y mujer —nos dijo el pastor.

Una pequeña luna plateada parecía colgar sobre nosotros. A su alrededor desfilaban nubes negras, nubes de lluvia. Un pájaro nocturno llamó a su compañera y obtuvo respuesta.

—Buenos presagios —dijo Konje con un beso.

Casi al amanecer, entre sus brazos, oí el viento agitando las hojas de los árboles. Después todo quedó en silencio. Más tarde, el viento descendió sobre el campamento levantando las hojas de palma de los tejados.

De Cayo Silbador llegaban gritos y gemidos que hacían pensar en gente torturada.

El sol salió entre nubes de fuego. Las nubes se ennegrecieron y agitaron cruzando el cielo. Empezó a llover suavemente. Después la lluvia cesó y empezó de nuevo. Al anochecer el agua corría por el campamento y caía por el acantilado formando una fangosa corriente.

Llovió durante más de una semana. El prado se convirtió en un lago. Las filas de cactus más altos que los hombres eran de color verde brillante. Se podía sentir cómo bebían la lluvia, almacenando agua para la próxima sequía.

El viento no cesaba nunca. Los gemidos y gritos que venían de Cayo Silbador eran tan fuertes que no podíamos distinguir si estaban hablando los tambores de Duurloo o los lejanos de Bahía Cruz Pequeña y Bahía Coral.

Konje, seguro de que su tambor se oiría a pesar del viento, enviaba sus mensajes. Eran siempre los mismos: "Esclavos, os necesitamos en Mary Point. Traed armas, traed comida. No esperéis".

Vino una mujer trayendo diez barras de pan que ella misma había cocido al fuego en las colinas con harina robada. Dos hombres vinieron con comida que habían robado en Bahía Cruz Grande. En el Fuerte Duurloo los esclavos leales vigilaban a los que habían cruzado la maraña de árboles, piedras y fango. Los guardias esperaban recibir pólvora del gobernador Gardelin en Santo Tomás.

A la hora de cenar, Konje se reunió con Isaac Gronnewold y Nerón. Desde que yo estaba en el campamento era la primera vez que pedía consejo. Los tres se sentaron en el suelo, frente a la cabaña de la cocina, comiendo el pescado de cada día.

Konje dijo:

—Los hombres que nos trajeron pescado esta mañana han dicho que el camino desde Bahía Maho está inundado. Cuando los guardias reciban la pólvora de Gardelin y empiecen a subir con su cañón, no podrán pasar de Bahía Maho hasta que el camino pueda utilizarse. Eso significa que disponemos de unos cuantos días para prepararnos para otro ataque.

Isaac Gronnewold sacudió la cabeza.

—Esta vez vendrán con más hombres. Con más cañones, con más pólvora. Si tú les echas, si les matas a todos, el gobernador Gardelin enviará más hombres. No se detendrá hasta que no quede un solo fugitivo en Mary Point. Si por casualidad fallara él, el rey de Dinamarca enviará otro gobernador que no fallaría.

Konje miró al pastor. No podía creer lo que oía.

—¿Quiere usted decir que deberíamos rendirnos y volver a las plantaciones? ¿Dejarnos cortar las piernas? ¿Y que nos rompan los huesos con un martillo?

—No —dijo Isaac Gronnewold—. Yo iré a Santo Tomás y hablaré con el gobernador. Le diré que morirán cientos de personas si el combate en Mary Point continúa. Que tú eres fuerte aquí. Que los fugitivos de Bahía Cruz Grande son fuertes. Ellos ya han matado a los colonos. Es prudente, le diré, que los duros castigos que él mandó escribir en sus leyes sean revisados, de modo que los esclavos sean tratados como seres humanos y no como animales de la jungla.

Konje se rió con una risa amarga que me asustó. No contestó. Se volvió a Nerón, porque el bomba había vivido largo tiempo en la isla y conocía las plantaciones y a sus dueños.

—No te quedes a esperar ser atacado —dijo el bomba—. Si lo haces, puede pasar un mes o un año, pero al final ellos matarán a todos en Mary Point. Condúcelos fuera de esta trampa y reúne a los fugitivos en Bahía Cruz Grande. Juntos podréis echar a todos los blancos de la isla de San Juan.

Konje oyó su consejo. Entrenó a los hombres durante casi un mes, esperando a que los caminos pudieran utilizarse. También las mujeres se entrenaron. Teníamos cuchillos y nos enseñaron a usarlos.

Fue durante uno de esos entrenamientos, al salir el sol con resplandor de fuego, mientras desfilaba con un cuchillo en la mano, cuando decidí contarle a Konje lo que yo sabía desde hacía días, que iba a tener un hijo.

23

Por desgracia el plan de Nerón tuvo que esperar. En Bahía Cruz Grande el príncipe Tamba, que había sido trasladado desde nuestro campamento, tenía problemas con un príncipe llamado Foulah. Habían dejado de saquear y matar a los blancos y estaban luchando uno contra otro.

Konje esperó día tras día el final de la lucha. Envió mensajes con el gran tambor, apremiándoles a hacer la paz. Por fin el príncipe Foulah contestó que había suprimido al príncipe Tamba. Estaba avanzando hacia el Oeste a lo largo de la costa para encontrarse con Konje y sus hombres en el Fuerte Duurloo.

Al saber la noticia, Isaac Gronnewold bajó al fuerte para hablar de paz antes de que los dos hombres pudieran unir sus fuerzas. Konje estaba dispuesto para partir al día siguiente al oscurecer, bordeando Bahía Maho y dejándose caer sobre Duurloo desde las colinas, con la esperanza de no ser visto.

Pero a la mañana siguiente, un muchacho que había salido a cazar ardillas regresó corriendo al campamento, sin aliento. No podía hablar, pero hacía gestos señalando al acantilado.

Konje, todavía medio dormido, dejó de peinarse y sacudió

al chico. Al no conseguir que hablara, me cogió de la mano y los dos cruzamos la pradera y seguimos al chico hasta el borde del acantilado.

Allá abajo, en las aguas profundas entre Cayo Silbador y el acantilado había un gran barco. No era el barco del gobernador Gardelin o un barco de esclavos como el *Aventura de Dios*. Era dos veces más grande que los dos juntos. Tenía tres altos mástiles y banderas ondeando en todos ellos. Los hombres que recorrían las cubiertas llevaban uniformes azules y sombreros rojos de anchas alas.

Konje y yo nos miramos. Estábamos sin habla, como el muchacho.

En la popa del barco había un nombre pintado en letras doradas. Eran tres palabras que yo no había visto antes. Deletreé:

—R O I   D E   F R A N C E .

—¿Sabes lo que quieren decir? —preguntó Konje.

—No —contesté.

Pronto lo supimos. Todo Mary Point se había reunido alrededor de nosotros. Todos llevaban sus armas. Isaac Gronnewold, que había regresado de Duurloo antes del alba y había decidido no despertar al campamento con las malas noticias que traía, vino y se quedó de pie al borde del acantilado, mirando al hermoso barco abajo en el mar. Después abrió su Biblia y sacó un papel.

—El papel está escrito por Pierre Dumont, el capitán del barco que está ahí abajo —dijo a Konje—. Uno de los esclavos de Duurloo, que habla esa lengua, lo puso en danés. Me lo dieron para que te lo diera a ti.

Tenía una expresión severa, pero ninguno de los que le rodeábamos esperaba las horribles palabras que siguieron.

—El papel dice que todos los fugitivos de Mary Point tienen que rendirse dentro de veinticuatro horas y entregar sus mosquetes y cuchillos. Si desobedecen serán devueltos a sus plantaciones y castigados de inmediato.

—¿Quiénes son esos que nos dicen lo que tenemos que hacer? —dijo Konje, pálido de rabia bajo su piel oscura.

—Gardelin pidió ayuda a los franceses, dueños de la isla de Martinica. Les rogó que enviasen uno de sus barcos de guerra y acabasen con la rebelión. Los franceses están aquí con trescientos hombres y cincuenta cañones.

—Nosotros les rechazaremos de la misma manera que lo hicimos con los guardias —dijo Konje.

—Los franceses tienen otros barcos y otros hombres.

—Les venceremos también.

—Vendrán más.

—Que vengan.

El papel del capitán se agitaba en el viento. Konje lo cogió y lo hizo pedazos. El viento llevó los pedazos sobre el acantilado. La muchedumbre se levantó en un clamor:

—Sno de mun, sno de mun, sno de mun, français.

Que, en la lengua de los esclavos significa "Cierra la boca, francés".

Las palabras resonaron en el aire largo tiempo. Nadie soltó un cuchillo o un mosquete.

—¿Dónde han ido los franceses? —preguntó Konje.

—A Duurloo. No es prudente esperar y combatirles aquí —dijo el bomba—. Esta noche nos pondremos en camino hacia Bahía del Agua. Está a una milla de aquí. Nos esconderemos allí una hora o dos. Seguro que los franceses están todavía en Duurloo y después usarán el camino que rodea Nido de Halcones.

—Van Prok está en Santo Tomás con su mujer —dijo Konje.

—Bien. Nosotros iremos a la plantación, cogeremos la comida y el ron que podamos encontrar, caballos y mulas, si han dejado alguno, rodearemos Duurloo en pequeños grupos, de no más de diez, y nos encontraremos con el príncipe Foulah en su camino de Bahía Cruz Grande.

Konje no tuvo ninguna oportunidad de contestar. De los

terebintos salieron tres soldados que atravesaron la brecha que había abierto el cañón. Uno de los soldados llevaba una trompeta y otro un tambor. El que iba en el centro llevaba una bandera blanca atada a una vara. Detrás de ellos venía un pelotón de soldados armados con espadas y mosquetes.

—¿Qué significa la bandera blanca? —preguntó Konje a Isaac Gronnewold.

—Significa que ellos quieren hablar en paz —explicó.

El soldado con la bandera se paró frente a ellos. Llevaba un uniforme azul demasiado apretado y botas brillantes. Tenía pequeñas cicatrices rojas en las mejillas.

—El capitán Dumont os ordenó deponer las armas —dijo el soldado—. Pero aquí todos estáis armados, mirándome con arrogancia.

—Se nos mandó deponer las armas mañana —dijo Konje.

—El capitán Dumont cambió de idea.

—¿Cambia a menudo?

—Tanto como quiere.

—Yo no cambio —dijo Konje—. Mañana daré mi respuesta al capitán Dumont, no hoy.

Estaba intentando ganar tiempo. Había aceptado el consejo de Nerón. Planeaba abandonar el campamento por la noche, reunirse con el príncipe Foulah y empujar al mar a los blancos.

El pelotón de soldados empezó a mover los pies.

Consciente de que era un momento peligroso, Isaac Gronnewold preguntó:

—¿Dónde está el capitán Dumont?

—Con su ejército —dijo el soldado.

—¿Dónde está el ejército?

—En la isla de San Juan.

—¿Le dirá usted al capitán Dumont que deseo hablar con él?

—El capitán Dumont no ha venido aquí para hablar —dijo el soldado, e hizo una señal al trompeta.

24

Estábamos entre las rocas al borde del acantilado. Los sonidos de tambores y pisadas se iban acercando. El capitán Dumont y sus hombres no estaban lejos, entre nosotros y Bahía Maho.

El soldado levantó la voz:

—Entregad vuestros cuchillos y mosquetes.

—¡No! —gritó Konje—. No nos rendimos.

Nos aferramos a nuestras armas.

Entre los terebintos, a través del boquete en los cactus, vi aparecer reflejos de cascos de soldados.

—El capitán Dumont y su ejército están a la puerta —dijo el soldado a Konje—. Estarán aquí dentro de unos momentos. Si tú y tu gente os enfrentáis a él, habrá problemas. Una vez más te digo que depongáis las armas.

—Yo deseo hablar con el capitán Dumont —dijo Konje—. Después de hablar con él pensaré sobre las armas.

Intentó hablar amablemente. Tenía que haberse dado cuenta de que estábamos atrapados. Había renunciado totalmente al plan de Nerón.

El soldado dijo:

—Yo me atengo a las órdenes del capitán Dumont.

Uno de nuestros hombres, creo que fue Jacob, que era viejo y tenía mal genio, chilló:

—Jeg lugter fisk, que en danés quiere decir "algo huele mal aquí".

El soldado bajó la bandera blanca, sacó la espada de la vaina y apuntó con ella a Konje. Detrás de él rugió un mosquete y la bala pasó muy cerca de la cabeza de Konje.

El pastor Gronnewold se colocó entre los dos hombres. En un gesto de amistad, extendió la mano para tocar al soldado. Fue un terrible error.

Ya fuera por temor o por ira, el hombre se apartó. El pastor extendió su mano de nuevo, y otra vez se oyó un disparo, que alcanzó al pastor en el pecho y le hizo caer al suelo.

Yo corrí a ayudarle. Luchaba por mantenerse de rodillas y levantar la Biblia por encima de su cabeza.

—Éste es el camino —decía con voz ahogada—, éste es el único camino.

La Biblia resbaló de sus manos. Cerró los ojos y dejó de respirar. Konje colocó su cuerpo entre las rocas al borde del acantilado.

Yo encontré mi cuchillo entre la hierba, donde lo había dejado caer, y fui a colocarme con los demás esclavos. No se oía ni un sonido. En silencio, esperamos a que Konje nos dijera lo que teníamos que hacer.

El hombre de la bandera blanca se alejó con sus soldados. Nosotros les observamos mientras atravesaban la pradera, cruzaban la brecha entre los cactus, y desaparecían.

Konje dijo:

—Los franceses volverán pronto. Quedaos donde estáis. No les provoquéis. No disparéis sobre ellos. Primero, yo hablaré con su capitán. Si la conversación fracasa, haremos lo que tengamos que hacer.

25

Las nubes veteaban el sol naciente. Un fuerte viento soplaba del Oeste. Los sonidos que llegaban de Cayo Silbador semejaban la respiración de un gran animal. Silenciosamente, tomamos nuestras armas y esperamos al capitán Dumont y a su ejército.

Llegaron ondeando banderas al redoble de tambores, atravesaron el boquete en la pared y pasaron delante de nuestras cabañas. A mitad de la pradera se pararon.

Yo los conté. Diez soldados en cada fila y más de veinte filas, armados con espadas y mosquetes de largos cañones. Los otros esclavos los contaron también, porque por todas partes se levantaron murmullos de sorpresa. Yo miré a Konje. Su cara no había cambiado, no mostraba signos de temor.

El capitán Dumont, con un oficial a su lado, se adelantó y se paró frente a nosotros. Tenía una barba puntiaguda que se estaba volviendo gris. Llevaba un sombrero de tres picos y una peluca blanca rizada.

—¿Quién es el hombre llamado Apolo? —preguntó con voz enérgica y hablando bien en danés.

—Aquí estoy —dijo Konje, pero no se movió—. ¿Habéis venido a hablar?

El capitán hizo un leve gesto de asentimiento.

—¿Hablamos como hombres, uno a otro —preguntó Konje—, o hablamos como esclavo y señor?

—Tú eres esclavo, luego habla como esclavo.

—Hablaré como un hombre libre o no hablaré —dijo Konje furioso.

—¡Basta! —dijo el capitán Dumont.

Habló con el oficial que estaba a su lado, que se adelantó un paso para poner una cadena en las muñecas de Konje. Sin una palabra, con un solo golpe, Konje le arrojó al suelo.

El capitán Dumont se puso pálido. Miró al oficial y luego a Konje, pero no dijo nada. Tras él, los soldados no debían haber visto el golpe y al aturdido oficial en el suelo. No se oía ni un murmullo entre ellos.

Konje retrocedió al borde mismo del acantilado y se quedó de pie entre dos grandes rocas. No parecía furioso. Miró al capitán Dumont con su gran sombrero y su peluca rizada. Y a los brillantes soldados del capitán que cubrían la pradera.

Sus ojos se fijaron por un momento sobre nosotros, apiñados en silencio, armados con nuestros cuchillos y mosquetes. En su rostro había una expresión que yo nunca había visto antes. Como si estuviese muy alto en los cielos. Como si fuese Dios mirando a su pueblo desde arriba.

Le vi mirar algún tiempo las olas que bañaban las rocas allá lejos, debajo de nosotros. Le vi después retirar los ojos de allí.

Nerón, que estaba a mi lado, dijo:

—¿Por qué se queda ahí? ¿A qué está esperando? Lo que hay que hacer es luchar y morir.

Konje levantó su mosquete y apuntó al capitán Dumont. Luego lo arrojó al suelo y nos dijo que hiciéramos lo mismo con nuestras armas.

—No os honraremos con una batalla —dijo al capitán—, ni nos rendiremos.

El capitán Dumont no contestó. No se movió cuando nuestras armas chocaron contra el suelo, ni cuando Nerón agarró con fuerza su garrote de jabí. Parecía no creer lo que sucedía ante sus ojos.

Konje se acercó y se llevó a Nerón al borde del acantilado. Hablaron un momento, defendiéndose contra el viento que amenazaba con arrastrarles.

Durante un rato estuvieron en silencio, mirando hacia el mar y el lejano horizonte. Entonces Nerón lanzó su garrote al ejército francés. Dio un salto en el aire y se lanzó por el acantilado.

—Para todos, como para Nerón, ha llegado la hora de irnos —dijo Konje—, de dejar esta brutal esclavitud.

—Sí, sí —gritaron los esclavos.

—Sí, sí, sí.

No oí gemidos ni vi lágrimas, como si para todos estuviese claro lo que teníamos que hacer.

Se acercaron cinco niñas. Pasaron los brazos unas alrededor de otras y saltaron enlazadas, cantando una alegre canción. Oí sus voces durante largo tiempo.

El viejo Jacob salió de la multitud. Gritó un insulto al capitán Dumont, blandió su bastón y se fue. Mi amiga Lenta me saludó desde lejos. Llevaba a su hijo de la mano. El niño parecía asustado y se quedaba atrás, pero ella le estrechó en sus brazos y también se fueron. Hombres y mujeres atestaban el acantilado.

Los marineros franceses, con sus chaquetas azules de vivo color, se apoyaban en silencio en los brillantes mosquetes. El capitán Dumont observaba con los brazos cruzados sobre el pecho. Yo creo que se alegraba de que los esclavos estuvieran matándose, así él no tendría que preocuparse de llevarles de regreso a las plantaciones para que les marcaran los hierros al rojo y les hicieran cortar las piernas. Las nubes escondieron el sol. Los halcones de mar se cernían en el aire gris. Nuestra gente se había ido. Konje y yo estábamos solos.

Él extendió sus fuertes manos y yo fui hacia él. Pero sólo di unos cuantos pasos. De pronto, suavemente, por primera vez, sentí moverse a nuestro hijo. Me paré y me aseguré contra el viento.

—¿Qué pasa? —dijo Konje.

—Nada —contesté.

—Algo es —dijo, y me miró con sus ojos ardientes—. ¿El niño?

—Sí.

—No pienses en el niño, nos vamos todos juntos, los tres, hacia un mundo mejor y unos días más dichosos.

—Pronto serán días dichosos aquí.

—Nunca, en esta isla no. Ven, es hora de marchar.

—No —dije yo.

Él apretó mis manos. Creí que pensaba arrastrarme con él sobre el acantilado. No me moví. No podía moverme. Él estaba entre las rocas, al borde del acantilado, y un momento después se había ido. El cielo gris lo envolvió. Yo corrí al acantilado, rogando que todo fuese un horrible sueño.

Desde abajo, allá lejos, se levantaba un débil rumor. Imaginé que era su voz llamándome. Di un paso torpemente, pero mi cuerpo se removió de nuevo. Y no seguí adelante. Nuestro hijo me ataba a la tierra sobre la que estaba, me ataba a la vida para siempre.

EPÍLOGO

Cuando el capitán Dumont supo que Jost Van Prok había huido de su casa, quemada hasta los cimientos, llevó a Raisha a la isla francesa de Martinica. Allí trabajó en su casa, cuidando de sus hijos. La hija de Raisha nació algunos meses después. Un año más tarde, bajo las leyes francesas, Raisha dejó de ser esclava. Era libre y su hija fue libre.